Amor de una luna errante

Título original: *A love letter from a stray moon*

Amor de una luna errante
Primera edición en México, abril de 2013

Bradley 52, Anzures DF-11590, México
www.edicionesb.mx
editorial@edicionesb.com

ISBN: 978-607-480-422-5

Impreso en México | *Printed in Mexico*

Jay Griffiths

Amor de una luna errante

Traducción de Kenya Bello

Por su determinación para hablar cuando otros no querían; por un sentido de la compasión más extenso que su propia vida; por su visión de una Tierra tan incluyente como la luna: este libro está dedicado a todos los activistas del cambio climático

Por su valentía quijotesca; por su determinación para honrar a su tierra; por su certeza poética de que la verdad se muestra más clara cuando está enmascarada: este libro está dedicado a los zapatistas

Agradecimientos

Quiero rendir tributo a la biografía de Hayden Herrera sobre Frida Kahlo, que se acerca con profundidad y detalle a su historia.

Mi profunda gratitud a mi agente Jessica Woolard, y a Michael Heyward y David Winter de Text, por creer en este libro.

Mi amor y agradecimiento para aquéllos que influyeron en este libro cual coloridos pigmentos brillantes disolviéndose en el agua: David, Vic, Jan, Ann, Thea, Marg, Bill, Gareth, Giuliana, Buz, Thoby y, en especial, a Penny Rimbaud.

Prólogo

¿Cómo manejar este libro? La pregunta no es figurativa sino literal. ¿Cómo sostenerlo? ¿Cómo acomodarlo? ¿Cómo cerrarlo cuando lo tienes que dejar a un lado? La pregunta surge porque es un libro que posee demasiado amor y dolor. Sus páginas son como vendajes que se desprenden de una herida. Su espina dorsal, como la de Frida Kahlo, está dañada. Cada vez que cambias de página, colocas una mano sobre su frente.

Sin embargo, la historia nunca se estremece y en su respiración hay una continua promesa y fe, a veces tranquila, a veces furiosa. La imagen en la portada es un par de alas, y tal vez así es como uno tiene que tratar a este libro: como si fuera un pájaro vivo.

Caminas y el pájaro se posa sobre tu hombro. Cierras los ojos y emprende el vuelo hacia el cielo. Duermes y te despierta antes de la primera luz. Es un pequeño pájaro migratorio que cruza océanos y siglos, que carga mensajes firmados por Lorca, por Martí, por Whitman y por ti, lector.

Y cuando da la vuelta el pájaro reencuentra su nido en tu palma, entre los dedos de tu imaginación.

John Berger

Exiliada de Casa Azul

Siempre quise alas. Para volar a donde pertenezco, para convertirme en lo que soy, para decir mis verdades, alada y bajo la influencia de la luna.

Cuando era una niñita practicaba mi vuelo. Soñaba con volar. Saltaba de las paredes y volaba, pero sólo hacia abajo. Quería volar hacia arriba, necesitaba alas. Mi esperanza tenía alas, pero no bastaba. Saltaba cuando caminaba y me fotografiaba a mí misma al parpadear, capturando el luminoso vuelo del instante, volando entre cada parpadeo. Mis amigos decían que era elegante, que hacía brinquitos al caminar, que flotaba como un pájaro. Pero mis amigos también se burlaban encarnizadamente de mí, excluyéndome de sus juegos porque la polio había dañado mi pierna; me llamaban lisiada. Aprendí a maldecir y practicaba con ellos tanto como podía, les decía hijos de puta y remataba con que me iba a la puta luna.

Una noche de luna creciente estaba afuera jugando en el patio, cuando mi padre me pidió que entrara. Sus ojos intensos, llenos del placer que sabía iba a darme. Mi madre me abrazó y me sentó en el piso, frente a ella.

—Angelito mío —dijo, y me dio un paquete para que lo abriera.

Siempre impaciente, rompí el envoltorio, que contenía un vestido blanco con alas como de ángel. Jadeaba con regocijo —¡lo sabían, *lo sabían*!—. Fue como si hubieran visto dentro de mi corazón y supieran lo que anhelaba. Me arranqué la ropa, la aventé al rincón y me puse el vestido; sus alas blancas y perfectas en mis hombros. En éxtasis, con todo el júbilo hipnotizado que un niño puede sentir, mi espíritu tan fluido como el Río Bravo y mis brazos extendidos como alas, corrí al patio, convencida de que volaría, y salté a la luna. Caí a la tierra, llena de horror.

Estaba destrozada y con el corazón roto, sollozaba mientras mis padres se reían con benevolencia:

—¡Ay, Frida, Frida, está claro que no son alas de verdad! ¿Cómo podrían ser reales?

¿Por qué *no* podían ser reales? Pensé que volar era real, la esperanza era real y la magia era real, y lloré furiosamente. Eran más reales para mí que cualquier otra cosa y no quería sustitutos. Piden volar, los niños lo hacen, piden volar y lo único que obtienen son alas de paja. No pude volar, sentí como si unos listones colgando de mi falda estuvieran clavados en la tierra. No pude volar, pero tenía que hacerlo.

El primer recuerdo que conservo es la idea de la luna. Nuestra maestra de primaria era extraña, con peluca y ropas raras, estaba parada en un salón de clases a oscuras, mientras callábamos, sorprendidos de ver su cara iluminada desde abajo por la vela que sostenía. La vela distorsionaba sus rasgos y convertía su cara en una calavera, como los niños que en Día de

Muertos se convierten en espectros por el resplandor de las antorchas bajo sus barbillas. Con la otra mano sostenía una naranja y nos dijo que el Sol (la vela) iluminaba a la Tierra (la naranja) y a la luna, pero como no tenía tres manos la luna se quedó en idea. Un exilio presente sólo de nombre. (A pesar de todo, presente en mi mente; llena y brillante). El universo se ensanchaba de forma tan abrumadora que me oriné. Los maestros hicieron que me quitara el vestido mojado y me pusiera ropa de otra niña, a quien odié desde entonces. Esa noche miré fijamente a la luna sin parpadear, hasta que mis ojos lagrimearon y supe que algún día volaría hasta allá.

Sin embargo, antes de volar a la luna arrastré a la niña por el suelo y empecé a estrangularla. Hasta el día de hoy recuerdo su lengua torcida fuera de la boca. El panadero se acercó y la apartó de mí, aunque no me importó porque sabía que yo iba a volar a la luna, pero ella no.

Me recuperé de la polio y me volví fiera: boxeando, jugando futbol y nadando. Recuerdo esos días de patines, bicicletas y barcos como la niñez de un niño y no de una niña, esos días en que era tan zalamera y valiente como cualquiera, tempestuosamente juguetona y feliz. Me mandaban a clases de catecismo con mi hermana pero nosotras nos escapábamos a un huerto en donde comíamos membrillos. Nunca olvidaré lo dulce que sabía el fruto de nuestra desobediencia en ese huerto.

Me escabullí caprichosamente de mi niñez, para convertirme en una malvada adolescente a la que todo le sabía a vino, a melones y a chile. Usaba un gorro puntiagudo y traje de hombre, así que las vecinas protestaban: «¿Quién se cree ésta?». Despreciaba a todos los que me despreciaban a mí, tomaba un encendedor y lo acercaba a los pliegues de sus rebozos hasta que chillaban y manoteaban las manos. (La trompetilla se burlaba del cactus). Con mi pandilla de la secundaria hice estragos de todas las formas imaginables. Más inteligente, rápida y divertida; más leída que la mayoría de mis maestros, exploté la anarquía y las travesuras. Un día nos sujetamos de un burro y lo llevamos hasta la secundaria doblándonos de risa por las caras perplejas que intentaban bajarnos. También atrapamos a un perro callejero, le amarramos cuetes y los encendimos para que saliera disparado a todo galope por los corredores. *¡Pobre perro!*, pensé después. En aquélla época estaba ebria, reía tontamente como un esqueleto encantado, las flores germinaban en mi cráneo. ¿Cuál flor? *Ix-canan,* en su nombre maya, era la guardiana de la selva o también llamado arbusto ardiente.

Tenía 15 años y cargaba un mundo en mi mochila: libros, cintas, cuadernos, mariposas, dibujos y flores. Me corté el pelo como un niño, usaba overoles y mis ojos brillaban de malicia y amor. Las caras petrificadas me llamaban irreverente. «Falso», replicaba. Veneraba a Walt Whitman, Gide, Cocteau y Eliot; Marx, Hegel y Engels, Pushkin, Gógol y Tolstói. Éramos unos presumidos. «Alejandro, préstame tu Spengler, ¡no tengo nada que leer en el autobús!», le gritaba a mi amante secreto. Éramos músicos callejeros, tocábamos el violín en los jardines de Loreto, escuchábamos a los organilleros y patinábamos hasta el amanecer. En nuestra imaginación, escalábamos el Himalaya, surcábamos el Amazonas y deambulábamos por Rusia. Leí la biografía imaginaria del pintor Paolo Uccello, me gustó tanto que me la aprendí de memoria.

Nos sentábamos en las librerías a comer nieve, coqueteábamos, discutíamos y le prendíamos fuego a todo lo que ofendiera nuestras almas. Eso fue lo primero que Diego Rivera escuchó sobre mí:

—Ármate para lidiar con esos chicos —le dijo otro pintor. Él se río incrédulamente cuando le contó lo que le habíamos hecho. Los otros muralistas habían venido a pintar porquerías en nuestras paredes y habían construido un andamio para ir más allá de sus posibilidades. Debajo de ellos había virutas, papel, pedazos de trapo aceitosos, así que obviamente les prendimos fuego. Las pinturas se dañaron tanto y los pintores se enojaron tanto que empezaron a cargar con pistolas.

~

Nunca necesité indagar sobre mis raíces; podía sentirlas, dentro de mí. Mis trompas de Falopio sonreían de oreja a oreja como ramas de vid, mis venas resistentes como lianas, mientras mis piernas emergían de la tierra, enredándose en mi cuerpo, y mis dedos eran hojas haciendo preguntas sobre el mundo del que habían florecido. Esos dedos que un día encontrarían los suyos. Mi corazón giró, heliotropo al Sol, en dirección del Sol. El ojo verde, todo el Amazonas estaba parpadeando a través de mis ojos, y mi boca estaba llena de *Das Kapital* y de poesía. ¡Ah!, y la fauna, olvidé mencionarlo, era mi amiga. Me amamanté del pecho de México, antes de los gringos, antes de Colón; la leche de los Olmecas y de los Aztecas, mi sangre es la misma que la savia de las plantas mexicanas y mi mente se metamorfosea de oruga a mariposa, símbolo de la psique.

Estaba ebria de vida, ebria de noche, de su estupendo aroma. La noche tendida sobre mi cuerpo como el pesado amor de Otelo sobre el cuerpo durmiente, resollante y moribundo de Desdémona. Sorbí toda la esencia de la flor del naranjo y el toloache se me entregó. Podía oler todo. Podía oler pensamientos, palabras y colores, días vainilla, noches bermellón. Créanme, podía oler al propio cielo —*con mis dientes.*

Crecí con los rayos de amor del Sol, mi padre. Viví en el cielo (¿por qué no?), la casa de mi padre era la Casa Azul, la casa del cielo. En aquellos días había suficiente cielo para volar hacia cualquier parte, y siempre era la primera en saltar. «¡Ey, muchachos, salten!»

El pueblo de mi padre se llamaba «padre de la primavera», y al igual que él, fue padre de mi florecimiento. Florecí. Fueron los días en que todo podía volar. La hoja curveada en primavera se abría en su viaje al Sol. Y los gatitos, que corrían por los jardines con gotas de rocío del pasto en sus narices y patas, sentían sus corazones felinos reventando de Sol y vida porque sabían que podían volar. Para mí, todas las palabras eran aladas y todo vuelo intencional. Vivía desbordadamente, así que me desbordé. En aquellos días entendí a Ícaro, atrevido, encanto desafiante. Y quizá como él, volé demasiado alto. Pero las palomas incas me gorjearon, el carancho me llamó con su cresta, una cascada de pericos me atrapó, el zumbido de los colibríes, que latían como yo, a más de mil por minuto.

Y en lo que dura el latido de un colibrí, todo se terminó.

Tenía 18. Un día cualquiera. El Sol salió, la Tierra giró, algo terrible pasó. ¿Fue la Tierra la que giró muy rápido o fui yo?

Alejandro y yo estábamos en un autobús.

—Demonios —dije— olvidé mi sombrilla. Se me olvidó en algún lugar. Hay que bajarnos.

Eso hicimos, y saltamos a otro; por esa razón estaba en el autobús que me destruyó. Estaba buscando una sombrilla, algo para protegerme del Sol. ¿Qué diablos hacía buscando una sombrilla? Si tan sólo hubiera entendido las verdades de mis propias metáforas. Soy la luna, y toda la Tierra es mi sombrilla, que me protege de los rayos del Sol.

Un pequeño exvoto, un amuleto de la suerte con la imagen de la virgen, oscilaban sobre la cabeza del chofer, al punto que nuestra señora se mareaba. Afuera llovía un poco y el autobús estaba repleto, pero Alejandro y yo logramos conseguir asientos al fondo. Me senté con la mano rozando peligrosamente sus testículos. Él se removía entre el placer y la vergüenza ya que varias ancianas voltearon a verlo fijamente; no podían creer que le estaba acariciando las bolas en público. Yo empezaba a reírme ante las expresiones ofendidas de las señoras.

Nos acercábamos a un mercado abarrotado, a pesar de la lluvia, y había un pintor en el autobús que traía un paquete de polvo de oro. Un niño cansado restregaba su nariz contra la manga de una de las viejecillas. Ninguno de nosotros sabía que ése era el momento de las tijeras, que iban a cortar nuestra vida en dos. En su avance, nuestro autobús atravesó los rieles del tranvía, y un tranvía se precipitó hacia nosotros, como si no pudiera detenerse y al mismo tiempo como si todo pasara en cámara lenta, como si fuera inevitable, ineluctable como el Destino. El Destino blandió las tijeras, una tijera atravesó los rieles del tranvía, la otra atravesó la ruta del autobús.

El autobús resistió el impacto por un largo momento en que quedó sumergido, para después deshacerse, pulverizado en mil pedazos. Un pasamanos se rompió y atravesó mi cuerpo, perforando mi pelvis. Mi ropa desapareció y el polvo de oro del pintor me cubrió. Yo yacía como una naturaleza muerta, o como un ídolo, mitad muerta, mitad viva. Piel blanca, sangre roja, cubierta con oro. A lo lejos escuché a alguien sollozar «mira a la bailarina», pensando que venía de una presentación y que el oro era parte de mi vestuario. Una bailarina. Nunca lo sería. Mi Era de oro había terminado.

El accidente fue como un martillo rompiendo mi espina, un cincel tallando mi vida hasta el hueso. El pasamanos de metal que entró en mi estómago salió por mi vagina, mis gritos eran más fuertes que la sirena de la ambulancia.

Toda mi vida posterior se remitió siempre a ese *ahora*, entonces ese momento. Ése cuando con un chillido, metal retorcido y caderas, una tortura de poleas y una alberca de sangre, desapareció todo lo que conocía y todo lo que había sido. El feroz tirón, cuando me hice añicos. Fui arrojada a la oscuridad del espacio exterior, herida y sola. Parte de mí murió: me convertí en la luna extraña y paralizada que se ve cada noche. Antes había sido parte del mundo, tan joven como la vida misma, había conocido el baile y la libertad. Después, me convertí en una exiliada de la Tierra, vieja como la muerte y enjaulada en los días.

Me llevaron al hospital y durante muchos días los doctores no sabían si sobreviviría. Mi mente se paralizó de miedo y no podía oler ninguna palabra, ni el cielo; sólo los terribles opuestos del hospital: desinfectante y putrefacción. Toda la riqueza verde del lenguaje en mi cuerpo se redujo al tedioso semáforo del dolor, mientras los buitres picaban mi hígado. Ya nunca podría ser bailarina, la muerte tomó mi papel. La muerte bailarina haciéndole reverencias a mi vida, al tiempo que yo moría en vida. Si iba a volar, en adelante tendría que ser sólo en metáforas.

Tiempo después del accidente, mientras seguía en cama, enferma y febril, con las manos llenas de pinceladas, vi en la punta emplumada del pincel, de golpe, la tangente de mi vida. Mi alma podría volar con cada pincelada y mis pinturas podrían hacer visible todos los universos que estaban dentro de mi alma.

Fue el inicio de mi Era de soledad, mi Era de plata. Alejandro me abandonó y mi exilio fue insólito, mi alma cálida enjaulada en un frío armazón de cama, bajo un cielo desierto. Pintaba en sangre y plata, amor y exilio. Porque el amor es mi naturaleza y rojo mi corazón, pero mi exilio es plateado. Esa es mi contradicción y la fuente de mis pesares, la angustia de la Era de plata, la caída de la Era de oro.

Fui la primera exiliada del sistema solar, un resbalón de la Tierra, arrojada al cielo, arrojada sola, demasiado joven, demasiado lejos, demasiada oscura. Tenía pesadillas recurrentes en las que me arrojaban al espacio una vez más, completamente sola, y en mis oídos resonaba el ruido lejano de las galaxias, inaudibles para otros oídos. Fue un extraño nacimiento. El nacimiento del exilio, la muerte del hogar. La muerte de la maternidad y el nacimiento de un arte condenado.

Instrucciones lunares para perderse

Nací con la Revolución. Según los registros de nacimiento, nací en 1907, pero según el registro de lo significativo, fui hija de la Revolución mexicana, nacida en 1910, al final de una dictadura y al inicio de la revolución campesina de Zapata.

En los primeros eónes, antes de volverse sólida, la Tierra era una pelota de gases extraños, y me la imagino así: si le silbabas a las Luces del Norte nadaban juntas, dando vueltas en el espacio como un cardumen de colores. Espectros de calor extendiéndose, insinuando, bailando hacia atrás, algunos perdiendo contacto y desapareciendo. El destello fantasmagórico de la posibilidad evaporándose en la negrura.

¿Y la luna? Mientras la Tierra completaba sus revoluciones —y yo soy una revolucionaria— un fragmento se le desprendió, fusionándose una y otra vez, pero de forma apartada. «Fragmento» no es la palabra adecuada, es demasiado dura y sustanciosa para lo inmaterial que era ese momento, tan poco terrenal que era la Tierra, tan desanclada la luna, ¿qué palabra sería más conveniente? La luna era más bien una idea, una metáfora. Un tiempo, un vuelo, potencial o anhelo. Una fuerte cadena de latencia.

La luna brillando en la Selva Lacandona y en la ciudad de México, en La Habana y en Madrid, en Buenos Aires, Santiago, Montevideo y Nueva York, usando un pasamontañas y enrollando un cigarro con tabaco que le robó al Subcomandante, mientras le escribe un comunicado a la Tierra. «Instrucciones para perderse», dice al inicio. Hay muchos tipos de revolución y muchos de ellos son invisibles: cuando la pérdida ha demolido la psique y la desesperación parece haber masacrado al espíritu, los insurgentes de la esperanza toman las armas algunas veces en las selvas del corazón.

Es sabido que Picasso dijo: «No busco, encuentro». ¿Y qué hay de aquellos que no se debaten entre buscar y encontrar sino entre perder y perderse? ¿No se contagian de la búsqueda optimista de Picasso y de su realización al encontrar sino que se quedan brutalmente atrapados entre el desencuentro y la ruptura?

Instrucciones para la pérdida: si pierdes algo lo puedes encontrar en forma de fractales; de hecho, es así como tienes que encontrarlo. Si quieres evitar la amargura, debes encontrar algo que valga más de mil veces lo que perdiste, en otras caras de la luna, en otros disfraces, bajo otros pasamontañas, otras montañas. No en pedazos de cristal, sino en el reflejo perfecto de un arcoíris y en el reflejo de cada espejo, viéndote en mí y a mí en ti. Es, como antes lo fue, un zapatismo del corazón humano, una intuición de la pluralidad que es la salvación, una estética y una rebelión.

Para Diego y todos
los que tienen alas

La primera vez que vislumbré a Diego era apenas una niña, mucho antes del accidente. Él estaba pintando *La creación,* y yo lo vi como un hombre que se erguía frente a cualquier dios porque sabía que era él el hombre creador. En él vi costas, volcanes y bosques, una geografía mental pintada para la eternidad, desde el lejano verde precolombino de la mente-bosque, con las miles de generaciones que antecedieron la peculiar regencia de la historia. Y ésta es la época desde la que escribo ahora, para alegar desde los más largos ciclos del tiempo, es el ahora en el que escribo esto: mi carta de amor de la luna para el hombre, estoy usando mi corazón como paleta y pinto con mi propia sangre.

Ésta es una carta de amor para Diego. Es universal, pero al mismo tiempo es completamente personal. Esta fechada en el ahora mismo, aunque es tan vieja como lo primordial. Para ti, Diego, es para ti. «Diego es el nombre del amor», escribí. Pero te pido que lo leas con muchos nombres, cualquiera que sea el nombre por el que vives, y deja que me dirija a tu alma, en la simplicidad del amor, en la generosidad de la vida. A ti, entonces, en todos los nombres de hombre que has tenido, antes, antes y antes, precolombino, prealfabetizado, e incluso a ti, lector, en el extraño e impredecible futuro, o en pasados que temo usar. Te reconocí por la flama en el corazón, por la luz en tus ojos. Diego es el nombre que uso para tocar a la puerta de tu corazón. Porque la puerta no es la puerta sólo para su corazón, sino para cualquier corazón que sepa escuchar. Tomo mi guitarra y elijo la melodía de su nombre, tocando las cuerdas que lo deletrean a él. Pero podría tocar la melodía en clave de cualquier nombre. *Llamar o tocar a la puerta.*

Soy Frida, pero al mismo tiempo no soy Frida. Soy sus pinturas y la naturaleza de su amor. Soy su sombra. Soy muchas mujeres, respondo a muchos nombres, cualquiera que conozca el dolor. Soy el Duende, soy la luz de la psique escribiendo desde mi alma, hablándole a la psique de la humanidad, esa psique que se parece a las alas de una mariposa común o de una mariposa nocturna: vuela más cerca, vuela cerca de mí. Después del accidente quedé enjaulada en moldes de yeso durante meses y en esa dura concha dibujé mariposas como primera pintura votiva, alentando al alma a que un día rompiera el caparazón y volara libre a la luna.

Años después lo volví a encontrar, hace tanto tiempo que fue apenas ayer o que podría ser mañana. Fui a preguntarle qué opinaba sobre mis pinturas. Desde entonces me distinguió, más tarde me confesaría que ese día me veía brillante como un águila, que mis ojos parecían garras con las que capturaba el mundo que pintaba. Inmóvil, me miró fijamente como si hubiera una luz completamente nueva en el cielo de su mente. Mi mente se quedó pasmada por un momento ante la agudeza de su mirada, ante el panorama repentino que se abría, al ver sus ojos tan indefensos, tan abiertos, dulce como un niño y abierto como el Amazonas. La puerta nunca estuvo cerrada, así que la atravesé.

Al instante supe que su alma traería consecuencias feroces para la mía: supe que su significado siempre sería importante para mí. Algo se movió en mi útero, como si se tratara de un pequeño bebé dando vueltas. Sus enormes ojos tan jóvenes, brillando y riendo; cara de bebé, cara de luna, mi padre, mi hijo; para mí era todas las generaciones, todas en una.

Desde que lo vi por primera vez lo amé. Prometeo, Maui el portador de fuego, el que roba el fuego, contrabandista de fuego. No recuerdo chispas, desde el principio sólo hubo fuego. Era salvaje y estaba lleno de un amor furioso, sus palabras eran incisivas, su curiosidad era perturbadora, arrancando verdades a medias, forzando aberturas a lo desconocido. Desafiaba la norma, y atreviéndose a detonar el camino hecho, encontraba debajo una verde prosperidad, explotaba su propia mente (porque ahí estaba). Rechazó la obediencia. Nadie podía decirle qué hacer, lo que lo convirtió en el creador de cada palabra de su vida, esculpiendo incesantemente la demanda absoluta de autenticidad del ser, en la piedra de cada día.

«Cada vez que da vuelta en una esquina, la luna lo rige, y tú serás la luna», me dijo un amigo. Y así fue: se atrevió a mirar a la luna y yo llené sus ojos de plata, pero al mirar fui también mirada y me volví incapaz de ver hacia otro lado; quedé completamente hipnotizada por él. Si la luna lo regía a través de mí, yo estaba regida por su luz, por su luminosidad fundida en pasión, electrizada en sus manos; una estrofa enamorada que atravesó kilómetros de enloquecida luna. Entonces tronó mi esternón, abrió mi corazón roto, lo hizo más grande para que cupiera el amor por él.

Caí por él. «Mamá, mira, la luna se está cayendo del cielo». Y ahí yace sorprendida, inflamada a la orilla del mundo, los labios de la luna besando lentamente la sonrisa del horizonte. Un hombre que podía arrullar, rollizo como Buda, en mis brazos. Diego, tu nombre quiere decir «sustituto, el que reemplaza»; él suplantó mi soledad y reemplazó mi exilio con amor.

Estaba cautivada. Caminé por el cielo, hablamos durante diez horas y en un momento puse mi mano sobre su brazo y dije finalmente lo que había venido a decir: quiero conocerte. Una petición de mi demonio para encontrar a mis propios chamanes, para conocer los océanos y conocerlo a él. Una petición cortés, pero no negociable.

No debí venir, aunque no tenía otra opción. Era suficientemente peligroso estar con él una vez y era cien veces más peligroso atravesar el umbral de su puerta para empezar una obra maestra del alma. Yo era su estrella polar y él la mía, nos atrajimos con un magnetismo ineludible. A pesar de que era un amor casi insoportable, era inevitable o, ¿cómo hubiera sido posible que su singularidad no reclamara saber de qué manera brilla mi extraña y singular luz? ¿Cómo no querer beber su mente líquida si estaba seca y sedienta de la vida tan cercana y tan lejana de mí? Sostuve su cara suavemente entre mis manos frías, la dirigí hacia mis labios y bebí, y bebí, pero era una sed insaciable, tan insaciable como cuando la luna quiere agua.

La canción de mi deseo sonaba tan fuerte que no podía contenerla, como el Reyezuelo, que de tan pequeño es incapaz de contener la grandeza de su euforia. Mi mente volaba a él constantemente, instalándose siempre en la misma rama del mismo seto. El mirlo debe cantar al atardecer y las nubes deben llenarse e hincharse hasta que les duela y llueva; la raíz del árbol debe tronar si cualquier barro se interpone en su camino. Así como yo tenía que. Su olor. Tenía que pasar, era un deseo urgente, argento, plateado.

Cada mes lo cegaba, quitándole el sueño del deseo. Lo provocaba, lo enloquecía, lo dejaba sin voluntad. No sugería: exigía, y la exigencia era demencial. Él escrutaba la luna, retorcía todos mis músculos para su placer; al final sólo quedaba la dulce lasitud y un sueño sonriente. Mi coño relumbrante brillaba como la luna irradiando su plata en la noche. (Mis pinturas corporales, mensuales, una naturaleza muerta. Tan sólo un rayón de sangre atravesando la página en blanco. *Naturaleza muerta.* Es parte de mi fiesta lúgubre, mi carnaval sarcástico).

Nos besábamos bajo los faroles de la calle y nuestra pasión era eléctrica: se apagaba cada lámpara debajo de la que nos besábamos, la corriente regresaba hasta que separábamos nuestros labios.

Fue la Era de cobalto: electricidad, pureza y amor. Tensaba la cuerda de su arco, avivando su pasión en la tangente de la aspiración, la tensión de la pendiente en el estrecho de mi mente. Cuando mi cuerpo llegaba al punto más álgido, el orgasmo entre sus brazos hacía que arqueara la espalda como un jaguar, su psique se conectaba a la mía y bostezábamos como leones.

Su inteligencia temeraria me fascinaba, sus bufonerías maliciosas me hacían desternillarme por siglos, cosquilleaba mi imaginación, detonando un efecto expansivo en todo el Pacífico, un millón de olas minúsculas formando riachuelos alrededor de un trillón de pequeñísimos brazos de mar. Era lo más estrellado que podía ver, volteara hacia donde volteara. Éramos el Popocatépetl y el Iztaccíhuatl; a pesar de nuestro amor éramos catastróficos el uno para el otro. El segundo gran accidente de mi vida fue él.

Él caminaba sin saber a dónde lo llevaría el camino, obligado a quemar su pista singular, tomando un machete y abriéndose camino a la mañana siguiente. Era una mente cazadora, nómada, curiosa. Una mente que me deleitaba, a la que buscaba y perseguía. Mi nomadismo era obligatorio, pero él escogió el suyo, su hermosa travesía sin destino. Su fe en nunca detenerse era total. En esto nos cofascinábamos. Él, trapecista, solista; yo en el movimiento solitario de mi trayectoria. Mi arco de luz en el cielo, su camino pionero en la Tierra. Aunque era muy paradójico —en parte nómada, en parte árbol—, adquiría raíces en la tierra, su casa profunda y adorable, anclada en el mito, comprando ídolos precolombinos de piedra y barro, los codiciaba tanto como él codiciaba a las mujeres. No sólo a mí.

Nació con las alas de la risa y el don de la flama, sin duda robaba fuego y tenía reputación de creador de infiernos. Yo sólo lo conocí como hacedor de corazones. No importaba adonde fuera, en sus manos cargaba un corazón y un camino en la mente. El corazón, la eternidad; el camino hacia adelante, de suerte que se quedaba eternamente en todas partes, pero estaba siempre en movimiento. Lo amaba por ser inflamable, porque veía su fuego en todas partes, incluso en el norte congelado, en iglúes de interior cálido; un amarillo pálido emanaba de una lámpara de musgo y grasa de foca.

Interpretaba todos los papeles: jardinero y gitano, carpintero y cocinero, artista de lo ordinario, el pintor más famoso de la nación, chamán y bufón, físico y metafísico, tamborilero de la noche y soñador del día; una creación peligrosa y bella, un granuja disoluto, maestro en hacer diabluras, viajero, artista y vagabundo. Su mente nómada y anhelante quería más: más camino, más cielo, más luna, más mito, más mujeres. Siempre en su búsqueda.

Yo no tenía voz más que por boca de otros, mi única voz era mi luz, mi luz de plata ensordecida y elocuente, de forma que las palabras, como alas, iluminaban significado en el silencioso papel blanco. La luna era el primer autor, el escritor que nunca hablaba en voz alta. El hombre, que era todo lenguaje, se sentía provocado por mi silencio. ¿Cuál era mi significado y cómo le daba voz a mi brillo? ¿Cómo me convertí en autora de las mareas y deletreé mi pasión? ¿Con qué gravedad y con qué ligereza escribí mis fases? ¿Cómo le aullé al lobo? ¿Por qué el aullido? (Puedo decirles: el lobo, que entonces era un tierno cachorro golpeando las violetas con sus patas enormes, ahora es un viejo lobo aullando sobre los huesos).

Sus lenguajes me encantaban: brío, plétora y copiosidad; Babel, cornucopia y cosecha, graneros repletos de abundancia, canastas repletas de cebollas, brazos repletos de ídolos. Su mente era verde menta en cada hoja nueva del trébol, otra medida, otro lenguaje, y sus palabras retozaban por todo el mundo, atravesando en balsa la Polinesia, susurrado en las plegarias sufistas, tomando vuelo del Amazonas y caminando pensativo por la pampa argentina. Lo observé por cientos de años, deseándolo encima, desobediente, consciente, obsceno. Ignora al dios mudo, ten la mejor erección, aplasta a los ídolos y muere, si es necesario, con tu garbo intacto.

Lo amé sin reservas porque es mi naturaleza, completa y perfectamente circular, y entonces me pidió que me casara con él en una ladera inesperada, un voto fuera de la ley, un voto intempestivo, un matrimonio eterno y también una separación de por vida. Estoy quemada por la separación, como si hubiera corchetes alrededor de mi corazón que ponen a mi corazón entre paréntesis, puntuado por sus otros amores. Decían que el nuestro sería un amor difícil, quizá imposible, porque el hombre no debía enamorarse de la luna. No era la intención de la luna ni del hombre. Hubiera sido mucho mejor si nunca se hubieran conocido, e incluso más conveniente, pero el fuego era tan monótono, el camino tan olvidable, los bosques tan desencantados y la noche sin percusiones.

Si Diego estaba en su estudio, le llevaba la comida todos los días en una canasta cubierta de flores, yo me trenzaba flores, llevaba los dedos llenos de anillos y vestía con faldas de tehuana, con bordados y listones. Me vestía así para que mi presencia desafiara a mi exilio, para que mi belleza desafiara al dolor. En casa, convertía la mesa en una naturaleza muerta todos los días: apilaba tazones pintados, llenos de fruta, que la ardilla trataba de robar, llenaba vasijas de barro con flores que el perico picoteaba, exhibía las tortillas en platos decorativos que los perros lamían, mientras el águila marina miraba desde su percha en mi hombro. Incluso cuando no tenía apetito, la vista me resultaba un banquete.

Quería listones para atarme a la vida. Contemplaba todas las formas en que decoramos la vida, la delicada intrincación de los hilos; vides, zarcillos, sogas, trenzas, cordones, tubos, venas, ramas, cordeles y dedos, enlazando mi mente con la suya. Pensé que una parra de pensamiento se enroscaba en mi psique y le escribí —una ramificación de la parra— las palabras transpuestas en el filamento de tinta que gira y gira hasta su mente, haciéndolo sonreír, su sonrisa como una ancha línea que atravesaba su cara. Él me telefonea, el aparato transmite ideas tan sensibles que puedo oír su sonrisa. «¡Ven aquí!», dije. Y vino. Sus excéntricos dedos preguntaban por los míos. «Sí», respondieron mis dedos, guiando los suyos hacia abajo, a las oscuras vides de mi sexo que telegrafiaban sus respuestas, mismas que deleitaban mi cerebro. Después, con los ojos cerrados, el aire tenía madejas invisibles que unían su corazón al mío, mientras que al otro lado de mí, al otro lado de él, se encontraba el mismo hilo, la Vida, la propia vida que nos ata a cada planta, a cada animal. Bajo distintas superficies, el mismo hilo de vitalidad, de ahí la plegaria azteca: «Soy el padre, soy el tambor y el espejo de los dioses. Soy la canción. Lluevo flores, lluevo canciones». Y lo demás una pintura de pan. Soy esta metamorfosis: soy un venado, una montaña, mis dedos son vides y las flores retoñan en mi cabello.

Un día quedamos de vernos en el cine, pero había demasiada gente y no lo veía por ninguna parte. Entonces escuché a alguien silbando el primer compás de la Internacional. Inmediatamente silbé el segundo compás y me detuve con mi cara llena de júbilo; él silbó el tercero, yo el cuarto, y así sucesivamente hasta que nos encontramos. La Internacional. El mundo entero. Si digo que él se volvió el mundo entero para mí, ¿qué significa? Que todo lo que toco es él, todo lo que veo es él. El color del cielo es él, el sonido del acordeón y la guitarra azul, las espinas del cactus, el olor a clavo de las fundas de las almohadas son él.

Puso sus brazos alrededor de mí, enredándome sin tocarme con hebras de seda invisible, lanzando hechizos de protección y pintando el aire con extraños patrones de sanación. Me sostenía como si yo fuera un arpa eólica. Sin tocar las cuerdas, con su aliento, puso a sonar mis cuerdas. Escuchaba a Orfeo las noches en que cogíamos entrelazados como una castaña, mientras nuestros ojos brillaban como nueces entre las sábanas de hojas del bosque.

Si había muchas nubes, las dispersaba, Prospero en acción, un simple truco de luz, un conjuro al Sol, porque era un creador de milagros, un taumaturgo. Lo vi convertir los sueños en materia, como ese día en que puso un arcoíris en el cielo porque se veía un poco desolado. Transformaba realidades, penetrando hasta las poéticas que se encontraban debajo de ellas, y bajo las poéticas, la física, y bajo la física, las energías que se transmutan; ese sonido, por ejemplo, que puede alterar la materia (y vaya que era un silbador de mundos), y aún así, bajo las energías transmutadas estaba siempre la dulce alquimia del amor por todas las cosas. De la tierra aprendió las verdades del amor y en la tierra de su propio corazón supo cuán magras eran las epístolas que los retoños escribían, suplicando al Sol, y cuál era la necesidad del alma en distintas estaciones: el invernadero ahora, la pampa después, la montaña escarpada de vez en cuando.

Conjúrame, luz de las estrellas, Prospero y yo la usaremos para cubrirnos. Toma una nube, bordada de flores, y dormiré debajo de ella como si fuera un cobertor de angora. Téjeme un hogar encantado y anidaré en él como un pájaro en primavera. Arroja la locura como si fueran dados, payaso, y yo usaré mis calzones en la cabeza, como si fuera la tapa de una tetera, y usaré una galleta para cualquier otro símil. Ven a mí, erecto, atúrdeme de deseo y encenderé las brasas por días. Besa mis labios al separarnos, como ellos separan la alegría de la tristeza (alegría, *miserere*). Yo ejecutaré mi contrapunto con una vieja grabadora escolar y la tocaré camino al cielo.

Mi pasión electrifica a la servidumbre, y es por eso que cuando él se va, las velas se consumen, el fuego se vuelve gris, los gatos maúllan y las flores se amontonan con frialdad en el florero cuando se va, cuando se va. ¿Cuántas veces me dejó, antes de irse?

Para tomar su mano tendría que medir cada centímetro en kilómetros, pero para tomar su mente la distancia no existe, todos estos kilómetros que nos separan son más delgados que el esqueleto de una hoja. Me conmueve más de lo que puedo expresar, sus poemas flotan en las aguas de mi alma, permanecen en un círculo húmedo, hermosos en sus sueños. Mientras muevo las mareas sin tocarlas, yo influyo en él. No lo puedo tocar ahora, pero goteo en sus venas y me fundo con su mente hasta volverme su frágil complejidad, su confidente, su coinspiradora. ¿Sigo ahí? No lo sé. Pero sí sé que él es tanto la seda de mis lágrimas como su causa.

Nosotros, espigadores del tiempo, recogemos los momentos no cosechados. ¡Ahora! Y él agarra retazos de serendipia, un pedazo de periódico carbonizado en el patio donde sólo se ve la palabra «¡ahora!». En el ahora del solsticio de verano nos amalgamamos en la fusión confusa de todos nuestros junios, el día en el que las visitas no aparecieron pero sí Walt Whitman. Estoy tumbada a un lado de él, mi útero tan húmedo, tan cálido, tan placenteramente oscuro que pensé que cualquier jardinero querría plantar bulbos en él. Diego no quiso y su renuencia me desconcertó.

A veces nos embebemos de una niñez insaciable. Llena de júbilo, convertida en brincacharcos y escandalosamente enamorada de él, giré a toda velocidad, ruidosamente, como un niño de siete años en triciclo tocando un tamborcito. Me hizo resoplar de risa cuando recogió seis guijarros diciendo que estaban en búsqueda de algo de cerilla. Bronceada y recostada boca arriba en el pasto, con las rodillas enlodadas y los calcetines deshechos, sonriente y traviesa, soy un niño. Todos los niños son hermanos, y yo quiero mucho a mis hermanos. Tengo siete, diecisiete y cuarenta y siete; ama todas mis edades como yo amo las suyas.

Parlanchín, hambriento de comida y mujeres, rechoncho, dormía en la bañera y a mí me gustaba bañarlo, poner juguetes en el agua, usar esponjas y franelas, agua de rosas y de naranja, y él tan niñito hasta que su fuente-flor se decidía a jugar también. En otra ocasión, compartiendo un baño, nos sentamos lado a lado a ver carros de carrera en miniatura, pasteles y pequeños animales circular por la pista del tapete de baño y su yo de cinco años y medio estaba tendido sobre una toalla de rayitas en un sauna improvisado, mientras él, de cuarenta y cinco y medio, o sesenta y cinco y medio, rompió en llanto. Las lágrimas que recorrían su cara lo estremecieron aunque se resistió. «¿Por qué no podemos vivir realmente? ¿Nos hace falta el valor? Quiero vivir realmente». Yo también, mi amor, y miré encima de él como si fuera el niño que no tuve.

Odiaba la mera administración, la agricultura de subsistencia del alma porque él pedía vivir con pasión eléctrica, pedía que su cuerpo se volviera marea para dejar de caminar picoteando el pavimento tambaleante. Yo también exigía vivir realmente, y vivimos nuestra pasión silvestre como adolescentes. Un día que íbamos al mercado, me tiró de espaldas, riendo frente a los puestos, y casi lo hacemos a la vista de todos los incrédulos compradores. ¿Quieres amarme? Hazlo. Rápido. Oculta tu jadeo debajo de mi anhelo rojo, siente mi tibia humedad. Entonces vino mi grito sofocado. Pero quería vivir todas mis etapas, no sólo la de adolescente, también la de madre y la de abuela. Mis amigos decían que él era egoísta y cruel, tan renuente a tener un hijo conmigo, pero la paternidad no era su fuerte. Fue padre de su arte. Y mi hijo era él.

Pero no crean que lo acepté serenamente. Nunca me llamen dejada. Guárdense sus sonatas para la luz de la luna; no me reconozco en ellas. Ya no soporto esta clase de soledad. Ser completamente inmaterial es muy solitario. ¿Tengo que permanecer tan jodidamente etérea para siempre? ¿Por qué no puedo ser material? ¿Por qué no puedo florear? ¿Por qué no puedo pasar algunos años haciendo pasteles y salpicando? ¿Por qué no puedo ser una mujer jodidamente ordinaria y encantadora? Quiero escabullirme a un bar, calentar mis manos frente a la estufa. Quiero adormecerme con vino, mi cabeza en su hombro suave, tan redondo como un bebé, y tener esta especie de anhelo dulce, rebozante, almizclado, de parir a mi propio gatito. Cualquier gata flacucha de granja puede tener su camada de gatitos, pero yo no; soy una luna errante en la puerta trasera, maullando por un gatito de luna creciente. La puerta se azotó ante mí. «Ah, es la luna. No debía estar molestando».

Todas las mujeres querían ser su madre. (Y cogérselo). *Peter Pan*, así lo llamaba yo, porque era un niño y al mismo tiempo el dios Pan anciano, macho cabrio, sátiro, desenfrenadamente erótico, genio de los bosquecillos, dios de los genitales, con sus guiños depravados. Lascivo como Jean Genet, pero también radiante e inocente como el durmiente Endimión, el hombre que consiguió la juventud eterna porque era amante de la luna, quien bajó una noche para abrazarlo mientras dormía en la montaña. Y la luna le dio hijas.

Sólo en las noches nos podíamos ver de verdad, al desnudo, en la oscuridad del espacio y en las pocas horas deshilvanadas, innumerables, que no le hacían falta a nadie más que a nosotros, las joyas oscuras. Un amor élfico, un cuento de hadas, mágicamente verdadero, verdaderamente irreal, pero crudo y corpóreo como el recuerdo de su miembro que provocaba espasmos en los músculos de mi coño durante varios días.

La primera de estas joyas apareció una medianoche. Me preguntó sobre lo que pensaba, le respondí que en mi coño. ¿Cómo no hacerlo sin faltar a la verdad?

—Hablas en sangre y plata —dijo.

Si bebemos de la misma copa roja de vidrio tallado, sus labios tocando el vidrio rojo y la sangre roja, entonces

(«Brinda por mí sólo con tus ojos») compartimos una pasión y un misterio feroz. («O deja un beso en la copa, y no será el vino lo que buscaré»). Tenemos que aceptarlo, la mayoría de la gente no hace este tipo de cosas. Estaba loca, y tenía la verdadera lunática lunar coartada. Cómo apareció la luna llena esa noche.

Nací de las mareas, cuando la Tierra pasaba de líquida a sólida, un enorme torbellino arrasó con la Tierra y la amalgamó a la luna. Como yo misma soy marea, desbordé su corriente, me elevé sobre sus diques, rompí sus rompeolas para que no pudiera impedirme el paso. Era su locura, su magia y su musa. Era su devoción y su devastación, su pasión devoradora. Podía atravesar las paredes, nadar a través de ellas, por lo que ningún viento, agua o ladrillo podía detenerme, y cuando su alma estaba perdida podía encontrarla, enrollarme a su lado y dormir en sus brazos.

Por las noches yo era una ladrona invertida: no le robaba nada a nadie, pero me metía a todos lados, me consumía, descamándome hasta que me reducía a nada, una línea blanca en la oscuridad. Me escabullí a sus pensamientos por entre sus ojos, arrastrándome atravesé las ventanas, el cielo. Merodeando dentro de su cuerpo, un mineral hasta entonces desconocido en la naturaleza de mi luz, mi mercurio se introdujo en su cabeza: el loco se convirtió en lunático. Diezmó la luna hasta que los trópicos se convirtieron en claros de plata líquida y supo que la luna expandía sus alas al tamaño del mundo, mientras que las puntas de sus alas dementes cepillaban al viento, cuya propia locura estrecha alas. En los vientos huracanados un ángulo de las plumas sobrepasaba unos centímetros más de turbulencia, hasta que, en el punto de tensión máxima, el pájaro veloz casi fue destrozado por la fuerza de la tormenta. Casi.

Para él estaba tan desnuda como la luna. Estaba, de hecho, de cabeza. Desvestida, dispuesta, temblando por la exposición, mi coño estaba abierto a su mirada, al igual que mi corazón. En una pesadilla le grité para que me ayudara y durante todo el día siguiente estuve afónica por el grito. Mi mente necesitada de él realmente me martillaba, pues incluso la luna puede espantarse con las sombras estelares que destellan sus pesadillas.

He mirado su cara por miles de años, su barlovento, su cortafuegos, su proa, la cara de su sendero, la cara de una montaña que he explorado y visto, detrás de los picos nevados vi la cosa más profunda, suave y extraña: los ojos azules de un leopardo de las nieves que me miraba.

Para él, todo el mundo se había vuelto impaciente. La semilla estaba lista para germinar, el pez bailaba en lugar de sólo nadar, la lluvia brincaba en lugar de sólo caer. Sensible a cualquier aspiración, ayudaba a los árboles jóvenes. Su genialidad inundaba al mundo como la de un director del que todos están enamorados, y las mujeres no tenían más opción que responder. Eso lo entiendo, porque lo único que el mundo podía hacer era responder. La araña más minúscula corría en arpegio para él, el Nilo reventaba sus márgenes, la selva amazónica se iba de juerga por él, la abeja chupaba con más fuerza cuando él alababa su diligencia. La media noche no se conocía a sí misma hasta que lo conoció, entonces se vistió de terciopelo azul y bebieron un tequila o más. Todo por su dulce carisma, su encanto, pues él tenía un vigor inherente. Encontró sentido en todas las cosas, así que el mundo respondió con disposición. Antes de él, cualquier amanecer era viejo. Aparecía y el amanecer aumentaba su voltaje por la calidez única de su mirada, mientras que el coro del amanecer subía el volumen por la calidad de su oído. El arcoíris empezó con sólo dos colores, rojo y morado, pero al ver el tono de placer en sus ojos arrojaba cinco más, así como sus muchas sombras intermedias. El petirrojo no sabía muy bien para quién cantaba hasta que lo vio esponjar las plumas de su pecho para hacer alarde del mejor petirrojo. Y él, naturalmente, hablaba un petirrojo fluido, así que lo entendió perfectamente, a medida que su cara se arrugaba de ternura, marcada de historia y contraída de amor. Entonces quise hacer mi nido con él, quería mi barriga oronda con un huevo hinchado. Nunca entendí su negativa.

Estuve ahí en el principio. Si yo no hubiera existido, la vida de la humanidad tan sólo hubiera sido mundana, encantadora pero ordinaria. El hombre hubiera podido construir su choza, almacenar agua y recoger fruta; una criatura sólo diurna, feliz pero un poco apagada. Nunca le arrebaté el día, pero lo inundé de intuiciones de las sombras. Un lustre feroz, que no irradiaba del ojo de la mente, sino del lomo. Licencia silvestre. Puedo alterar la vida de las almejas y la fuerza de las mareas, pero nadie sabía que podía hacerlo hasta que apareció él. El asombro desafió nuestro amor.

No hay duda de que lo amaba: su mente maravillosa fue la primera de la Tierra que reconoció el brillo de mi luz inquieta.

La metáfora empezó porque me quería —y yo soy la primera metáfora—. Estaba cargado de ella, expandido por ella, la metáfora quería salir de él, un chorro de semillas, cada una brillante y danzante, minúscula pero magnífica, la pepita invisible e invencible, microcósmica pero con más de mil nuevos mundos dentro de sí. Cada semilla era una semilla-sílaba del habla, iluminando el aire con una cascada de luz estelar que burbujeaba en mi lengua. Todo es metáfora: soy la luna y no soy la luna. Él es Diego, aunque en verdad sea la humanidad. Soy una mujer, pero también soy toda mujer que entiende la pérdida. Soy Frida y no soy Frida. Ambas somos fractales, figuras que pueden dividirse en múltiples figuras idénticas, pues todos los corazones humanos son fractales. Verdad y sólo metáfora en un mundo de metáforas. La metáfora es en sí misma una metáfora, un cuenco como el que formarían las manos de un niño que atraviesa un cuarto para enseñarle a su papá la estrella que resguarda. «¡Mira, papá, mira cómo hice una estrella!, ¿Cuándo podemos ir a la luna?».

Era hijo de la luz de las estrellas, hijo de nadie: yo no era la madre de nadie, así que elegí a mi hijo. Siempre hay sustituciones, formas elípticas con las cuales la psique puede sobrevivir, por eso *él* era el hijo que cargaba, acurrucado en el vientre de la luna. Si hubiera tenido un hijo, hubiera sido él, el niño más lunático y dulce. Permitan que lo lleve dentro de mí durante meses. En nuestro sueño turbado, soy la luna, madre de los dioses, madre de Diego en todas sus encarnaciones, madre de la humanidad. Así es en la mitología mexicana en que el Sol es el fertilizador, pero ese es el papel que Diego rechazó. Por eso el Sol se convirtió en mi hijo, mi niño. Quería parirlo. Él era el bebé pálido tendido en mi regazo. Sus tetillas de hombre gordo eran como las tetillas de un bebé. Restregué mi nariz en su axila, para olerlo como una tigresa olería a su cachorro.

La luz de la luna y la luz de las metáforas lo traducen todo, lo encuentran todo. Una estrella es una semilla, un niño, una sílaba, y él, es todos ellos, metamorfosis que va de una forma a otra. Aunque él no fue la primera metáfora. Fui yo. Él fue el primero que la vio. De la metáfora tomó un ala y la hizo mito, magia, misterio y consideración; arte, abstracción y paradoja (soy fría, pero hago que las pasiones ardan, soy blanca pero hago que la sangre roja fluya. Estoy seca pero la humedad de todos los océanos de la Tierra oscila para mí). Una semilla, una estrella, una sílaba, un niño. Todos son lo mismo. Todos posibilidades. Todos necesitan lo que puedo darles, lo que soy: tiempo. No maduro nunca, nunca floreo, pero produzco madurez, florecimiento y prosperidad. Soy la verdadera entelequia.

Mi luz era la melodía del tiempo y mis cambios eran el ritmo del tiempo. Su primera abstracción fue el tiempo y yo era la única que podía mostrárselo. Le di un calendario de transformaciones: un futuro posible, un pasado consumado, un presente de posibilidades. Nunca soy la misma, así que cada noche me buscaba y cada noche volvía a girar, pero nunca desaparecía para él. Excepto una vez.

Fue alrededor mío y refiriéndose a mí que susurró por primera vez sus verdades chamánicas. Yo le dibujé misterio en el cielo y él me dibujo magia en la tierra; nos encontrábamos cada mes en el lenguaje del fuego y la mente. Porque le parecía inexplicable y él necesitaba mitos para explicarme, así que yo fui la causante de que se metiera en la magia de su personaje. Él cobro consciencia bajo mi luz porque le di la noche, entendió el mundo invisible gracias a mí. Los mitos se vislumbran en la oscuridad, el poder de las volutas atraviesan los límites de la mente destellando, *¿soy real?* Nunca. *¿Soy de verdad?* Siempre.

Alargué mis brazos y me deslicé en la pureza absolutamente traducida mientras azotaba mi cuerpo blanco en una cama de sábanas blancas y una piel blanca de carnero. Plantó las flores de la inocencia y esas flores florecieron, porque en esos días todos los vuelos era inocentes; en la lasitud de las extremidades tras el vuelo me abrazaba hasta quedarse dormido, plegaba las sábanas alrededor mío, me cubría con toda su largura y bajo la sombra de sus alas yo dormía y soñaba con volar. He visto sus alas, esas alas blancas y esponjosas. ¡Nunca podría olvidarlo, ángel mío!

Vio lo exhausta que estaba del exilio. Vio cuánto lloré por volver a casa para protegerme de la fría noche. Vio mi soledad más rara, larga y elíptica. Vio que tenía amigos y amantes pero que ansiaba estar junto a la chimenea, por los lares y penates. Vio que podía ser mucho más libre en una casa, que mi inclemente danza sería más bella si se me concedía la oportunidad de balancearme en un acogedor rincón del mundo, así que me amparó en su casa.

Si un pedazo de la luna cayera en el regazo de alguien, ¿qué haría? La mayoría de la gente lo regresaría. No por falta de compasión, sino porque no sabrían ni qué hacer con él. La luna es como un puñado de desafíos, una novia difícil de complacer, que se trastorna todos los meses, que causa estragos sin proponérselo; es una fuerza caótica que desordena. Pero él, al pedazo de luna en su regazo lo miró fijamente durante algunas semanas, hasta que con suavidad lo guardó en su bolsillo más suave diciendo:

—Creo que estarás mejor aquí.

La mayoría de los hombres no formaría un hogar con la luna: demasiada sangre y plata. Él me dio amor y hogar. Las dos cosas que no tenía. Me instalé en casa con sus lares y penates, las figuras precolombinas, y él hizo su casa de la mía. Encontré un poema de una sola palabra a un lado de la chimenea. Decía «corazón». Escribí en letras naranja todo lo que un corazón contiene. Calor. Arte. Alimento. Comprensión. Tierra.

Corazón. ¿Qué más? Ciervo. «Mi alma te ansía tanto como el ciervo anhela al riachuelo», dice el Salmo. Me dejó ansiando y ese fue mi desiderátum. Después de todo, soy mitad católica y nuestra señora de los lamentos, vive en el ático de mi mente.

Los años anhelaron que sus cambios fueran de amor. Capa tras capa de amor caía sobre hojas y paja; capas de libros releídos, de las bromas que más nos gustaban y se volvían a contar, de las botas cada vez más bonitas por la antigüedad y el uso. Él también edificó para mí capas de amor, haciendo tortillas y sosteniendo mi mano asustada, gañendo de júbilo en la lluvia, desapareciendo un dolor de cabeza, preparándome la cena, burlándose de mí, encantándome en los claros del crepúsculo, acompañándome a tomar café, en los brindis, en el vino, en la tristeza, a la luz de las velas, en cariño, en las juergas, en la sobriedad, en los días más ordinarios y sin embargo más extraordinarios en los que nos ocupamos del hogar y lo desgastamos. Era todo lo que quería, casi todo.

Perdí un hijo. Siempre había imaginado que mi vientre era como una cama verdosa de hojas verdes, relumbrante. Pero ahora sé que es más bien un fiasco, el vidrio roto y el concreto de mi pelvis hecha añicos perforaban a cualquier pequeño bebé que quisiera anidar temporalmente. Sangrante y llorosa pinté esa pérdida. Hice historia, como él mismo dijo: «Ninguna mujer había puesto una poesía tan agonizante en un lienzo».

Todo lo que amo está entrelazado, el mundo está enhebrado por raíces, filamentos, dedos, las venas y la consanguinidad —esos lazos ancestrales— atando a las abuelas con las nietas. Por la vida, la muerte florece y por la muerte, la vida se inscribe a sí misma otra vez, pero no gracias a mí, porque para siempre he sido arrancada de ese tapiz, fuera del ciclo, de manera inconcebible. Esas tijeras en la mano del Destino: una cuchilla atraviesa al tranvía, que atraviesa a su vez la cuchilla del autobús, que me corta de los lazos rojos de las generaciones. No sólo pude haber sido madre, también abuela, incluso un antepasado brillante. Pude haber sido parte de las venas y promesas de la vida. El Destino se negó.

Veo a mi hermana, consciente de sus pequeñas muertes de las que surge más vida, pero la mía es un paro respiratorio, es una vida elíptica, predestinada antes de nacer, plata achispada cuando lo que quiero es ser verde. La vid de los ancestros gira desde la tierra hacia mí —dos niñitos que me adoran como tía— yo me inclino todo lo que puedo sin caerme, pero es inútil. El verde y el rojo ya nunca me van a conocer.

No tengo hijos y no puedo afrontar el terror de esa pérdida, pero tengo que verla todos los días y todas las noches cuando veo a mi hermana-tierra, madre de todo lo que amaría. La rodeo, pálida y llena de envidia por todo lo que no puedo tener. Me ha superado en casi todo, en profusión y abundancia; el escultor primordial. Ella es tan fecunda, tan feliz, y yo tan vacía y estéril como el naranjo de Lorca. A pesar de que le traigo los calores a todas las mujeres, estoy atada a la frialdad como si el invierno se hubiera incrustado al eje del año, y la rueda se hubiera detenido mientras giraba, de forma que la primavera no pudiera venir.

La quería antes de que la humanidad existiera. Crecí con ella, empollando planetas sostenida por la gravedad del amor. Tierra, mi afortunada hermana, mi hermana feliz, mi hermana de ríos, mi hermana del vestido de terciopelo verde, mi hermana que puede trinar niños más rápido de lo que tú puedes cantar la mitad de un aria de *La flauta mágica,* mi hermana de soles cálidos, mi hermana de todas las fertilidades, mi hermana húmeda, húmeda; plena, derramando, brillando. Humedad, vida y primavera.

No estoy celosa, nunca he sido envidiosa. Sólo le deseo que florezca más, más naranjas, más chivos, más niños, pero mi pena se vuelve inconsolable cada mes. Tan inconsolable que empapo la tierra. Porque si lloro mi pena no me desangro sola. Voy a voltear los océanos para que puedan igualarse a mi sangre cinética, enloquecida y eléctrica. La Llorona, la mujer que llora junto al río, me mira y, cuando lloro, los ríos desbordan sus cauces. No tengo terreno para las semillas, ni una gota de agua, nunca cosecho. Aunque saco el máximo potencial de todas las cosas, dentro de mí no hay vida moviéndose, no hay posibilidades. Celebro a mi hermana pero mi angustia es más grande que un pedacito de cielo.

Tendría que haber escogido ser la diosa Cuaxólotl, diosa de la tierra, pero en cambio me convertí en Coyolxauhqui, diosa de la luna. Por eso siempre estoy en el exilio, en el borde de la mente y la luz. ¿Tiene importancia que anhele la tierra, el verdor del día, las barrigas redondas que dan fruto? Él vino para amar mis labios por el lenguaje que escriben en el cielo a la luz de la mente... tengo labios, sí, pero no una tersa pelvis para sostener el rayo de la vida. Está casi deshecha. Tengo las caderas de un niño, y estoy profundamente estéril. Mi virginidad eterna y extraña.

Pinté mi esterilidad y la fertilidad de la tierra. «Los hijos son la vida, y aquí es donde termino», escribí. Pero no era verdad. De cualquier manera los niños me adoraban: los trataba como iguales y ellos a su vez —con una enorme generosidad— me trataban como a su igual. Disfracé mi añoranza con mascotas: perros y gatos, monos, palomas y pericos, un águila y un venado.

Cósmica y terrenal, externa e interna, pinté mi propio mito para poder darme nacimiento. Si físicamente no puedo ser madre entonces tengo que vivir mi maternidad de la forma más metafísica posible. Pinté como nadie, y como pintora, me di nacimiento a mí misma. Mis pinturas, decía él, eran «ácidas y tiernas, duras como el acero y finas y delicadas como el ala de una mariposa, encantadoras como una bella sonrisa, y profundas y crueles como la amargura de la vida».

Pinté el desierto de mi vida, porque estaba desierta y sola, cojeando toda la vida. ¿Cojeando? ¿Dije cojeando? No cojeando, más bien yendo a zancadillas de una crisis a otra. Cuando mi dolor lo ponía triste o le hacía sentir culpa, le dibujaba bocetos pornográficos y traviesos que lo hacían resoplar de la risa, rana-toro croando en el charco.

La parte izquierda de mi cuerpo está pintada de negro en este momento, la luna llora en mi cabeza. Una vez me pinté sosteniendo mi paleta con forma de corazón, estaba pintando mi vulnerabilidad con la sangre de mi corazón. Ahora es diferente. Me pinto a mí misma sosteniendo mi paleta como si fuera un escudo. Mi arte basta para protegerme, resguardándome del dolor de la pérdida.

Si tu encanto es
tan peligroso

Creé una cama, una cama de cuatro postes con esqueletos en las puntas, rodeada de conchas, y bajo el dosel puse una caja de cristal llena de mariposas.

—Whitman, su barba llena de mariposas —dijo Lorca, cuya mente irradiaba luz de luna.

Diego creó un jardín, el más hermoso de los que haya visto, y creó un hogar al que todos podían venir. Mi Diego. Nunca fue mío, se pertenecía a sí mismo, era tan generoso, tan universal en su amor que no podía pertenecerme ni a mí ni a nadie. En esa generosidad estaba la trampa. Una pared de cactus órgano creció entre nosotros, de la misma manera en que las fuentes del patio jugaban en nuestro lugar.

En el principio fue la palabra, ¿no? Error. En el principio era *yo*. En el silencio negro canté una nota blanca y pura. Fui yo quien la dejó ser luz de la mente, una luz con más magia que la del Sol, en aquellos días preciosos en que el mundo era joven. Siguió siendo joven para los eónes, joven pudo haber sido para siempre. En aquellos días encantadores él solía venir a todas mis fiestas, bebía en exceso, cogía, brincaba en las brasas ardientes, tocaba, se quedaba despierto toda la noche y yo radiaba placer. Para entonces estaba verdaderamente iniciado: el deleite lo iluminó, brilló en mi luz. Ahora corre las cortinas, se amuralla, no quiere citas conmigo. No me dejó por otra mujer, me dejó por *todas* las mujeres. Esa era su naturaleza.

Todos los exiliados me miran a mí en busca de su sonrisa original y yo estoy pálida del hambre que me produce el exilio, sin cebada, sin lúpulo, sin faz de corazón, sin mejillas rojas. Estoy enferma por la sed del exilio, quiero cubetadas, baldes llenos del agua del océano que chorrea en los charcos gigantes de la Tierra. Coatlicue es la diosa de todas las mujeres exiliadas, de todas las que brillan demasiado, diosa de la vida y de la muerte; los esqueletos de su falda vibran cuando camina, también brillan con la luz de la luna y la sabiduría.

El exilio me obligó a ser nómada, a cojear por los cielos con mis pies descalzos y blancos; como nunca usé zapatos, hace varios milenios que mis pies sangran al caminar. Ahora dejo huellas de sangre en el cielo y dejo huellas de sangre en la tierra, alrededor del mundo un millón de sábanas manchadas de sangre cada mes, las huellas de mis cursos nómadas, y por esa razón todavía hoy pueden seguir viendo a un millón de mujeres, en un millón de pozos, lavando las huellas de sangre de la luna al amanecer. Estoy tan cansada de caminar sola. Allá hay un par de periquillos en la verja, acá una familia, allá una boda, con un nido de niños, en todos lados aparecen los pares, mientras yo brillo soledad, irradio su luz absoluta.

Pero si te fijas con atención, cuando estoy creciente se observa una extraña luz trémula, el rastro de luz más tenue que sólo el más observador detecta en la orilla de mi círculo, la luz débil de mi umbral de amor, apenas visible, sólo en la noche; la única parte de mi intimidad descrita en términos de sombras, como si la luna estuviera enamorada del hombre nada más con su parte oscura; su otra faz lejana, la única que no es solitaria —y única sólo por momentos— gira medio centímetro en su sueño, despierta a medias y se da cuenta de que está sola otra vez, envolviéndose con sus propios brazos, la mañana siguiente en el amoratado borde del cielo.

La luna era indigente y muchos la querían ver así, sin casa, malherida en el camino, gitana en el cielo; sólo podían saborear su libertad con envidia y admirarla sólo con resentimiento. ¡Ah!, la luna está acostumbrada, no necesita un hogar, es una nómada innata, dijeron, porque la querían de símbolo de una vida que no podían llevar por estar demasiado hipotecados. (Lorca conoció la tristeza de la soledad, el dolor gitano, por eso nos consolamos entre nosotros. Mi México entiende el exilio, y tiene una admirable historia asilando a los refugiados políticos.)

Estoy exiliada del sueño más sencillo, estar tumbada en una playa bajo el sol, con mi cabeza en su regazo regordete, nadar desnuda con él, sostener su mano dentro de una taberna al atardecer y por la noche sentir su aliento soplando suavemente mi coño hasta arder como lo haría si las brasas me incendiaran. Ya no puedo tenerlo, de la misma manera en que la luna no puede bajar arrastrándose por el pasadizo de un techo ni balancear los dedos de sus pies en los charcos de lluvia, ni abalanzarse para darte un beso rápido en la mejilla. Así que debo voltear mi cara y cantar mi solo al cosmos.

Pinté *Las dos Fridas,* una vestida de tehuana, entretejida con la tierra indígena de México, y la otra con ropa europea. (Las dos tenemos corazones demasiado abiertos, y nuestros corazones humanos están a la izquierda, con toda la intención política).

La Frida indígena sostiene un pequeño retrato de Diego en forma de huevo, unido a su corazón por una arteria que es al mismo tiempo un cordón umbilical, mientras que la Frida europea se desangra a muerte.

El propio México, desde luego, está en las tierras indígenas que se desangran a muerte, y *Los dos Méxicos* son una obra maestra repintada ahora con la figura del Subcomandante Marcos, fundiendo el dos. Un México es tradicional e indígena, habla la lengua de la tierra; el otro es occidental, habla la poética urbana de la página. Los dos se unen en la rebelión zapatista de la actualidad, juntos escriben un mensaje en letras de sangre desde las venas abiertas del corazón de México, a favor de la humanidad y en contra del neoliberalismo, es un llamado a los cirujanos del dolor del mundo para que los ayuden a remontar la corriente.

Tengo que decirles, porque me hace feliz, que el Subcomandante Marcos se enamoró de mí cuando era un adolescente; amaba mi naturaleza y mi arte revolucionarios. Morí cuando él era muy joven, pero le pasé la estafeta. *Poeta, revolucionario, romántico.*

En la genealogía de los revolucionarios fui procreada por Emiliano Zapata, nací en su primera rebelión en México. En el acta de nacimiento de Marcos consta que él nació mientras yo vivía, pero en el registro de los símbolos revolucionarios, Marcos dice que nació en 1984, cuando los insurgentes zapatistas se adentraron a la selva Lacandona para iniciar su entrenamiento. (Todos somos Zapata. Todos somos Marcos.)

Sólo tengo un desacuerdo con el Subcomandante Marcos, pero incluso es un acuerdo. Ambos creemos que la luna tiene esperanza, pero él piensa que la esperanza es para cortar sus amarras a la Tierra, para irse, quizá a Júpiter o a Saturno, y yo creo que su esperanza es para atarse más y más, mediante un terso y delgado hilo de seda, a la humanidad, y que su dolor es por la distancia que media entre ellos. ¿Quién tiene razón, Marcos o yo? ¿Quién puede establecerlo? Bueno, sin querer imponer mi autoridad en este caso, —en especial tratándose del supremo comandante del ejército rebelde de México— yo tengo la razón. Soy la luna, que no se olvide, en una de sus encarnaciones. Marcos planeó mandarme un mensaje alguna vez, en un pequeño satélite, a la luna, diciendo: «A ella le haría bien saber que alguien la entiende». Sí, y a ti. También te haría bien.

«Sucedió hace muchos años. Es la historia de un amor que no pudo ser, que quedó insatisfecho. Es una historia triste... y terrible», dice el Subcomandante con la pipa en los labios y los ojos puestos en las montañas. Habla por él, por mí y por los innumerables miles, pero bajo un pasamontañas hay otro, bajo los zapatistas de hoy, la revolución de ayer, cuando mi historia empezó, mi triste y terrible historia, mi historia de un amor insatisfecho.

Marcos, decían, es el hombre más buscado de México. No me cuesta creerlo. Las mujeres lo quieren a toda costa en su cama, ¿verdad Don Durito de la Lacandona? Los niños se ponen pasamontañas y quieren ser él. Pero un pequeño y horrible puñado de banqueros y asesinos del alma quieren matarlo, no porque sea un rebelde sino porque es un poeta. A ellos les digo: tengan cuidado. ¿Asesinarían a la luna? Todo lo que harían sería destrozar su reflejo en el lago, esparcirlo en mil pedazos. Pasaría lo mismo si asesinaran a Marcos, miles de moneditas brillantes de heroísmo invaluable se pondrían pasamontañas y escalarían la montaña bajo una luna de poesía. Al igual que Lorca, el Subcomandante escribe la poesía del torero, y sabe de qué manera los toros del Wall Street han corneado a los campesinos.

Hay revolucionarios que sueñan con balas y revolucionarios que sueñan con guitarras iluminadas por las estrellas, en las noches en que la luna es todo lo que te pertenece. Guarda la luna en tu alforja, luego el tabaco para pipa, los globos y los poemas cuyas mechas ya están encendidas, listas para explotar como explotarían las estrellas en el cielo de diez mil mentes. Pero todo esto es futuro, todo está por venir. En mi presente sólo puedo decirte que las cuerdas del arpa de Lorca fueron cortadas con tijeras, que mi corazón fue abatido; las cuerdas de mi corazón no logran producir más que octavas inaudibles para el oído humano.

Diego se divorció de mí, y yo me divorcié de él. Estaba totalmente desconcertada, pero seguía totalmente enamorada. En las terribles confusiones del amor, hubo un eclipse lunar. ¿Cómo pasó? Los astrónomos del corazón lo podrían explicar así: para mí el dolor era ya insoportable. La soledad que me produjo ser expulsada de su órbita me enloqueció y me impidió hallar consuelo. Soy una luna errante y podría balancearme a la órbita de cualquier planeta consolante. Pero la luna fue eclipsada por una estrella de paso. No sólo quedé exiliada de él, sino de mí misma, y ese fue mi único pecado imperdonable, del que me arrepiento tan amargamente ahora, porque caí de mi propia gracia. Fui fatalmente eclipsada y me desvié de la verdad de mi propia trayectoria. Mi mente nació alada, pero ese fue el momento en que traicioné mi don de volar. Las mejores mentes son leales a su vuelo, las mujeres sabias, los chamanes del mundo cuyas transformaciones son vuelos de empatía, de curiosidad, de curación, cuyas traducciones son inocentes; quienes se atrevieron a ser inocentes, quienes se atrevieron a volar, quienes escogieron su propio planeador. Yo le fui desleal a mi propio vuelo.

¿Qué significa volar? Atreverse a soñar. Estar profunda e inmensamente feliz. Y ser inocente ante todo. Soy culpable. Le mentí, pretendiendo que no tenía aventuras. Pero también me mentí a mí y desaliñé mi alma. Es fácil ser culpable, como una cabra atada por un trapo viejo a un poste sucio. Es más difícil ser inocente. Pero el valor es inocente, y el ahora es inocente y el deseo es inocente y el vuelo es un ángulo inocente del anhelo que aspira a expresar la fuerza de la vida. Ahora veo que sus ojos brillan de vuelo. Ícaro alzando el vuelo, volando frente a Dios y a la gravedad. Lo que importa no es que se vio obligado a caer, sino que se atrevió.

Ante todo, la pasión es inocente. La pasión le da alas a la inocencia, su mejor abogado y el único que necesita. Habitada por una ternura silvestre, amándolo, pene y coño, la luna no será patrullada y brillará libre y sin temor, pues no hay pecado en algo que brilla tanto.

Sólo me puse más bella con tantos moretones. Fui un conquistador del dolor. Me pinte masturbándome y reté a la prensa a que lo difundiera. Alguien lo hizo. Yo era toda la opulencia de Bizancio y todos los monos araña de la selva. Más picante que cualquier chile. Como un cascanueces, destapaba bromas hasta que los invitados escupían de la risa y explotaban como las castañas olvidadas en la chimenea, pequeñas bombas por toda la habitación. Como si, como si, como si..., todo me daba igual. Excepto él.

Puse mi diamante especial y una curación de oro en mis incisivos, de forma que destellaba en tres lugares con malicia. Ojos. Dientes. Coño. Era un escaparate, es todo. La realidad es que sostengo mi propia mano, lloro, bebo, duermo. Esqueletos con lentes de sol, esqueletos con gogles dicen bromas obscenas alrededor de mi cama rota, hasta que parras y enredaderas nacen de mi almohada, encerrándome en una selva mientras mi muerte les da fuerza de la natura. La fuerza de la naturaleza: de la muerte viene la vida. Todo está conectado en vida, todo gira hacia ella. Hay orugas en la telaraña que una araña tejió entre una hoja verde y mi pelo negro. («¿Negro? Nada es negro, de verdad *nada*». Escribí.)

Teníamos una fiesta una noche, así que vestimos a unas calaveras de cartón, algunas con mi ropa, otras con la suya. Las colgamos de las vigas para que tuvieran una fiesta alternativa en las alturas. En la conmoción, las calaveras se daban empujones, se balanceaban y coqueteaban con sus cuencas vacías, cuchicheaban sobre los muertos, y bebían tragos de tequila con las mandíbulas.

Hombre encantador, estaba siempre encantado, rebosaba como un manantial que nunca se seca. Estaba encantado por el amanecer y el anochecer; todas las hojas le encantaban, todo momento, todo río, toda canción, toda pipa, toda ola, toda salida de la luna, todas las mujeres. Los dioses de la Tierra le encantaban —por ejemplo Jesús, ese querido mago, que compartía muchos motivos con todos los otros dioses de la Tierra—; la muerte y las resurrecciones, los mundos alternos de la vida, la muerte y el regreso a la vida. Todo esto le producía encanto, y él los encantaba a su vez, porque tenía un corazón tan abierto, tan sincero consigo mismo, que las flores se amontonaban coqueteándole en los dedos, los ríos arrimaban su corriente más cerca de él, y por él las estrellas tropezaban con los Andes y caían disparadas del cielo en la instantaneidad del amor estelar. Se entregaba al mundo y el mundo lo inundaba a él.

Plumas blancas caen por mi ventana cuando otro cielo claudica.
¿Me importa?
¿Por qué debía importarme? Al igual que Van Gogh, me sostengo en mi propia luz.
Además, todo lo que existe me ama. Mariposa nocturna, jaguar, savia. Se levantan para saludarme y asumo que no necesito nada de él, pero me pongo triste cuando veo a la selva consternada y sin lluvia. Las ballenas que solían cantar para mí son más raras y silenciosas ahora. El hielo se escurre —el hielo que era mi paisaje favorito— porque yo era una artista de la luz antes de que él naciera, yo le di al hielo el brillo de la serenidad absoluta. Mi tristeza es una nube que me envuelve y en la que brillo; ya nadie ve mi luz, lo que aumenta mi exilio.
¿Me importa?
Mi alma está destrozada.

Voy a tener que hacer un cambio por mí misma en el calor de mi alma, sabiéndome rota en trozos y pedazos, conociendo de toda la vida un aullido de dolor completo y absoluto. Apaguen las luces. Apaguen la luz de la luna, de los soles y de las estrellas y luego apaguen la luz de la mente en todos lados. Ésta es la era amarilla: locura, enfermedad y miedo. ¿Cómo pude apartarme de él? ¿Cómo pude? ¿Cómo?

Pero él ya no me quería. Después de milenios de tierna y cariñosa luz de luna, se sacó la luna del bolsillo y la tiró. La mente también, se resbaló de sus dedos y cayó en el piso: pensamiento en fragmentos.

Caminé inconsolable hasta que Walt Whitman me silbó desde el bosque.

—Pareces una de los míos —dijo, y me abrazó.

Le pregunté:

—¿Somos tan pocos los de la cosecha de los poetas? ¿O es que sencillamente hay muchos de los otros? De los que no aprecian ni la poesía ni el vuelo. De los que vuelven a poner el corcho de la botella antes que termine de beberse. Los que son un herbicida para la idiosincrasia y un pesticida para la diferencia. Los que compran verbos pasteurizados y los guardan en el refrigerador, los que se aseguran de que sus corazones estén esterilizados, y los que, al ver la liquidez del amor, la manipulan con guantes de plástico. Los que mantienen la basura envuelta para que se conserve fresca, pero piensan que un jardín de verduras es sucio. Los que piensan que lo volcánico es tan sólo otra razón para limpiar. Los que les gusta risotear pero nunca se ríen de verdad. Los que compran emociones con descuento, una oferta del mercado. Los que son los suficientemente sociables para reunirse a chismorrear, pero no lo suficientemente amables para ser amigos. Los que mantienen su dinero resguardado pero no tienen problema en traicionar una confidencia. Los que usan la superficialidad para menospreciar la profundidad. Aquellos cuya falta de curiosidad cierra mentes, libros y conversaciones. Los que no conocen el desconcierto o lo que es sorprenderse. Aquellos cuyas certezas están tan cruelmente limpias como sus cortinas, e igual de esterilizadas. Los que quieren estar en el promedio y lo logran competentemente, que conocen la ambición pero no la aspiración. Los que optan por lo ordinario pero demandarían a un pájaro por cantar.

Surrealismo. Lo necesitan en Europa, supongo. Sus aztecas están tan enterrados que los sustituyen con relojes sumergidos. Mis pericos y mis monos escarban la basura de verdad, y los jaguares rugen desde mis libreros, entonces ¿para que necesitaría buscar titiriteros para mis sueños?

Mi hijo falso en un mundo lleno de dolor

Conozco a Diego desde hace mucho. Sé que sus infidelidades son resultado de su generosidad y sé que es quien es. Lo he observado por mucho tiempo, lo he querido, le he reprochado, lo he odiado y lo he adorado, y creo que después de todos estos años lo conozco, todos sus sinsentidos, sus creaciones, sus errores y sus asombros, todos sus desatinos, su inteligencia, sus maldades y sus glorias.

Pero lo que hizo me causó el mayor desconcierto.

Era Día de Muertos y llevé a mis sobrinos a ver las tumbas iluminadas con linternas y velas, comimos calaveritas de azúcar. Era un feliz Día de Muertos, los niños estaban rebosantes y risueños, se ganaron mi corazón mientras esparcíamos flores de cempasúchil sobre las tumbas y ponían puñados de pétalos en mi cabello; me besaron y me llamaron «mamá» por accidente. Por un momento, el estomago me pesó de la pena, pues sabía que ningún niño me llamaría «mamá», excepto por error. Pero la sensación pasó, y me dijeron bromas obscenas, nos echamos calaveras de azúcar a las bocas hasta muy entrada la noche. Nos fuimos a casa, al llegar entramos de golpe, los niños agitados con sus ataúdes y velas, y Diego cogiéndose a su mamá, mi hermana.

No hay dolor que se compare.

Ninguna de las veces que estuve en el hospital, con algún hueso que se me había vuelto a romper, dolía así. Mi hermana, mi fértil hermana, mi hermana de cuna, no de ataúd.

Me rapé, en señal de lo que me había hecho. Me arrancaron lo poco que tenía. *Llévate a mi hermana, llévate mi pelo, llévate mi sexo, déjame sólo el ataúd.*

Sólo había aprendido a reírme del dolor físico, la fractura de mi pelvis y mi espalda rota, las numerosas cirugías, ser enjaulada en una cama de hospital, pero en el momento en que había logrado sobrellevarlo, él fracturó mi corazón, convirtiéndome en un sacrificio azteca. Había sobrevivido, maldición, pudo haber esperado. Mi cuerpo estaba chingado y ahora también mi mente. Pinto en la poesía de la sangre y mi sangre alimentó la tierra para que floreara con arte.

Mi dulce hermana-tierra. Abusó absolutamente de ella, de su amor por él, de su paciencia y su confianza. Sé que no fue su intención hacerlo, pero veo los efectos. Está enloquecida de dolor. Sus ritmos están desordenados y sus estaciones fragmentadas. Sus ojos brillan de dolor. No sólo tengo el corazón roto, también el alma rota. Le habría sido fiel hasta mi muerte, pero cuando se apartó de mí, en mi dolor, también me aparté de él y al hacerlo me perdí a mí misma. Perdí mi singularidad, mi entereza, mi integridad. He hecho que los mares se afligan, esos océanos que antes conocieron el milagro de la suerte; el coral afortunado que antes era un vigoroso caos, ahora sólo conoce el caos de la muerte que lo deja amoratado y rechinando; he escuchado a los mares chillar de dolor porque un magenta terrible cubre los océanos con el sube y baja de una tristeza eterna.

Los mares ya no se balancean conmigo, están revueltos e inestables, las corrientes son frías ahí donde deberían ser cálidas, miden en metros la altura de su pena y se desbordan con lágrimas extrañas cuando aumentan los niveles del mar; inundan kilómetros de costa y sumergen islas enteras. Duele, la rabia de las aguas del mundo, pasiva casi siempre, de vez en cuando arroja un tsunami de reproche. Mi dulce océano está inconsolable e infinitamente dolido. El coral descolorido, el dugón masacrado, y los caminos de la ballena tan torcidos que una, herida, afligida y desorientada, no nadó canturreando en una ciudad sumergida del Atlántico, sino que se dio vuelta a la derecha en Casablanca y chirrió en su camino hacia la muerte en el peñón de Gibraltar.

Estoy en una nube continua ahora, toda mi pasión evaporada, le rehuyo a la vida, gris y vacía dentro de una silenciosa mortaja.

Me pinto a mí misma en un retrato doble, una de mis yo está cortada en dos dentro de un hospital tranvía, bajo un Sol ardiente. La otra está orgullosa bajo la luna llena. «Árbol de la esperanza manténte firme», es la bandera que sostengo con la mano. ¿Ahora de qué árboles? Corazón, coincidimos en el Amazonas, siglos antes de que fuéramos amantes, ahí fue que tu mirada nadó con inteligencia, yo me reí de todas tus bromas y dije:

—*Por favor cuida este jaguar.* Vuelve a verme a ese *ahora*, y vuelve a mirar el carrusel del cielo, elígeme en ese mundo giratorio, escógeme: «me llevo ésa» y estréchame contra ese pecho regordete.

La vida concede pocos amores como éste. Alguna vez es probable, dos veces si eres muy afortunado en una vida, otras veces ni una.

Pero el Amazonas moriría de sed, se entumecería con una sequía. Una flecha, una pluma, un pueblo de cabañas con techo de paja abandonado, un anciano ebrio y marchito que llora en un lenguaje que nadie más habla, aplastado por recuerdos insaciables. Una nación en una isla, cinco atolones y cuatro islotes, pacíficos y nombrados por las palomas. Tuvalu está silenciosamente sumergido y las aguas tranquilas salpican su costa, pasan los barcos de pesca hacia sus playas, hacia las casas de la costera; arriba, arriba el dulce mar, el mar murmurando a sí mismo en callado asombro; arriba, hasta el centro a donde puede verse a sí mismo llegar, reflejando su ascenso, se reúne consigo mismo en un abrazo completo, Tuvalu será sólo una historia de islas míticas bajo las olas.

También puedo ver la muerte opuesta desde aquí; los desiertos cauterizan a mi amado México, veo cómo los labios de la gente están secos y partidos, encogiéndose cuando los buitres alzan el vuelo. Ya estoy seca, México también. Desde las planicies de México veo gente huyendo, atravesando el río Bravo, evadiendo las balas entre los alambres de púas. Escoge tu muerte, una muerte lenta por deshidratación o tan rápida como una bala.

Existe el mito de que todas las cosas que se desgastan o se pierden en la Tierra están atesoradas en la luna, y por eso todos los niños perdidos terminan en ella. La luna es siempre lo que pudo haber sido, y yo atesoro lo que está perdido, así que cuando el Amazonas se haya ido, sólo yo lo recordaré, cuando países enteros estén sumergidos bajo el mar, sólo yo sabré sus nombres. Lo registraré todo, *re-cordis,* de *corazón* en latín, el sonido en mi corazón se repetirá una y otra vez. Yo era, antes que Dios o que tú, y estaré ahí al final, Sherezada de las estrellas, llena de historias de chamanes y jaguares, osos polares y fuegos artificiales. Seré la narradora de todo lo que pasó en la Tierra, pero será mucho tiempo que mi invaluable y mi adorado entendedor llevará de haberse ido.

No siempre tengo ganas de contar una historia de la tierra del futuro, porque no quiero ensombrecer al amor con desesperanza, pero déjame describirte lo que le pasará a mi hijo falso. Lo conocí cuando tenía nueve años, un niño indígena de Oaxaca, era mi discípulo, me venía a ver pintar. En unos años será huérfano, sin familia ni hogar, se convertirá en una sonrisa exiliada, sobrevivirá sólo gracias a su encanto. Un día llegará a un pueblo, un refugio de la sequía y la inundación, y, sonriendo, le preguntará a un poblador donde puede dormir. Al poblador lo atormentará la preocupación, su cara estará marcada por el pesar y la falta de sueño, hambriento y angustiado, pero el chico sonriente será apenas un niño y lo ayudará si puede.

—Tengo un bote —le dirá— puedes dormir ahí.

Así que durante el día, el poblador pescará con el botecito y por las noches el chico tenderá su cama ahí, se balanceará hasta quedarse dormido sobre las olas calmadas.

Se ganará un poco de dinero mendigando, suficiente para comer tortillas aunque insuficiente para construirse un techo o una casa. Una tarde hacia la puesta del Sol, con la marea alta, caerá una tormenta poco común. No se habrá registrado una tormenta como ésa en el pueblo. Su bote se estremecerá, tragado por las olas. En una violenta oleada, con un grito —sin advertencia, sin tiempo—, las amarras del bote se cortarán y estará a la deriva en el océano, la tormenta bramará furiosamente en tierra, el niño verá todos los techos de las casas arrancados y las paredes colapsándose como papel, pero no podrá oír ningún alarido, ningún grito, ningún pánico, porque su bote será arrojado cada vez más adentro del mar.

¿Existe otra palabra para el amanecer? El niño pensará, pero ahí no habrá nadie para responder, y mientras la noche esté más oscura, las nubes negras girarán y habrá luna llena, así que él tratará de sonreírme, pero esta vez no podrá. Por única vez en su vida dejará de sonreír, entonces conocerá el exilio de todas partes, hasta de la tierra, y en su viaje triste

se preguntará si pudo haber sido diferente. No culpará a nadie, pero se preguntará. Y no podrá sonreír. Su historia está incompleta pues me pidió que la mantuviera a salvo —porque es el hijo de todos los comienzos—, me pidió que mientras durmiera ese sueño sin sonreír no escribiera el final.

Shakespeare conocía esta historia, aunque aún no la había escrito. Él conoció a mi pequeño niño indígena y se lo dejó a Titania; conocía el caos y por eso escribió la obra en que me dio un papel protagónico. Cuando Titania y Oberón se separaron, divididos como Diego y Frida, se abrió una grieta en el tiempo. Vientos que no son naturales se levantaron «como en venganza» y los ríos «desbordaron sus continentes», «el maíz verde se pudrió» y el campo se inundó. Él dijo que estaba «pálida en mi ira», y sí, tengo que admitir algo de eso, aunque hay en mí más tristeza que furia. Las estaciones se alteraron, había escarcha en las rosas y los dulces capullos de verano se abrieron en invierno. «La primavera, el verano, el fecundo otoño, el invierno cascarrabias, cambiaron sus ropajes acostumbrados, y el mundo, confundido por sus combinaciones, ahora no sabe cuál es cuál».

El fecundo otoño, me muerdo el labio para eclipsarme a mí misma. Ya no quiero hablar de eso. Es muy tarde. Nado hacia a ti, ahogándome en el cielo.

El cráneo de mi madre está envuelto en sonrisas.

Emano una luz extraña ahora, una luminosidad de mediodía. A mediados del invierno hay un crepúsculo que me asusta cuando el horizonte riela, y si alguna vez la luz pudiera parecer siniestra, sería esta luz. Mi corazón está alumbrado así, alumbrado con drogas y alcohol, alucino con imágenes tanto del futuro como del pasado.

Mi amigo el cervato y yo fingimos ser renos migrando, corremos sobre un hielo que tendría que haber estado firme pero que se agrieta, se parte y se viene abajo. Al caer, mis piernas se rompen con los fragmentos y las placas del hielo roto, y el cervato resopla de miedo, sus ojos confiados sucumben al pánico. Las grietas de hielo móviles se cuartean y se rompen con espantosa frecuencia; bombas de hielo explotan, la música de la guerra. No puedo decir si está dentro o fuera de mi cabeza.

En el cine vi un documental sobre la Guerra civil española, lo proyectaron con música de Wagner de fondo. *La cabalgata de las Valquirias* se precipita en mi cabeza, alada y terrible. Las Valquirias, las doncellas guerreras, galopan juntas, se reúnen en una montaña, cada una trae un héroe muerto en la alforja, el ejército del Valhalla, y pienso en Parsifal, quien no conoce su propio nombre, y en su hijo Lohengrin a quien le está prohibido revelar el suyo. No siempre he sabido mi propio nombre, y el Subcomandante Marcos, mi hijo con otro nombre, se prohíbe a sí mismo revelarse el suyo.

Salí del cine tarareando esta música, aunque estaba asustada. El crepúsculo de los dioses estaba ocurriendo en España, era así de mítico, yo podía ver un pañuelo rojo, un listón rojo de sangre, ondulando de orgullo desde la pasada Revolución mexicana al orgullo del México de hoy (uno de los dos únicos países del mundo que reconocieron y apoyaron a los republicanos) y al orgullo del futuro México donde Marcos sostiene el pañuelo desteñido y roto con un puñado de tierra seca. Los anarquistas-intelectuales se escapan al final, huyen de Franco para salvar sus vidas, ¿y a dónde encontraron exilio los más afortunados? Conmigo, aquí en México, a la luz de la luna más soleada.

Stalin manipuló a los comunistas para que asesinaran a los anarquistas, y así empezaron los asesinatos de millones de personas al tiempo que Trotsky, en el exilio, se vino a quedar con nosotros. Me lo tiré. De alguna manera también estaba predestinada a él, porque nací para la Revolución mexicana, y como la luna, nací de la revolución cósmica, así que el principal revolucionario de nuestra época no pudo evitar sentir mi atracción.

Entonces Diego le dio una calavera de azúcar morada a Trotsky con el nombre de Stalin en la frente, un dibujo mórbido. ¡Bendito, no le hizo nada de gracia! Diego y yo, por el contrario, nos orinamos de la risa, aunque no por mucho tiempo, porque poco después de que Trotsky abandonó nuestra casa,fue asesinado: uno de los agentes de Stalin le atravesó el cráneo con un piolet.

Yo me moría de ganas de ir a España, ser parte del teatro del alma. Era nuestra última oportunidad para detener al fascismo, pero muy dentro de mí sabía que Capa había vislumbrado el futuro. La primera fotografía que captura el momento de una muerte fue tomada en la guerra civil española. Capa fotografió a un soldado republicano que, abatido por los fascistas, extendía los brazos como para abrazar a un hijo amado tras una larga ausencia. Para todos nosotros éste fue el momento de la muerte.

A los republicanos siempre les faltaba agua, un símbolo marchito para mí, las aguas profundas de la libertad se habían evaporado, mientras los totalitarios, Franco, Mussolini, Hitler, Stalin y Mao, ponían en llamas al siglo, en un mundo inexorable que ardía de holocaustos. Ahora entiendo que ese era el comienzo, pero apenas veo el final. Está escrito. Está escrito. Hasta el sedoso Amazonas vivirá el Apocalipsis. Un holocausto de todo lo que es húmedo, verde y lleno de vegetación. ¡No pasarán! No deberían haber pasado. Si la inteligencia y la belleza, si la gracia y la poesía, si la Vida tuviera algo que ver con esto. Está escrito, quizá, pero no debería pasar.

Mis amadas abejas del patio tienen un misterioso padecimiento, se están poniendo más enfermas y mueren. La Era de la soledad empieza de esta manera, la extinción de un tipo de vida tras otro. La Tierra está mostrando de verdad su edad; sus campos y estaciones están fuera de control y sus océanos intoxicados de tempestad. El futuro está galopando hacia nosotros, los Cuatro Jinetes, el Apocalipsis se ha escapado como un virus terrible de la contraportada del libro y nos está infectando a todos. Ésta es una era mítica muy extraña. Los científicos hablan de una ley de conservación de la energía, yo pienso que hay una ley de conservación del significado. Durante 400 años, el mito y la metáfora, el sentido del mundo, han sido menospreciados y sólo se le ha dado importancia a lo material, pero créanme, el mito se volverá a imponer, porque la mente necesita mitos, de los buenos, es una cuestión de conciencia o locura.

Quizá empezó como una especie de inocencia impulsiva, puedo creerlo... fue una pasión por volar encima de todo, el Ícaro interior. ¡Más luna! ¡Más Sol! ¡Más cerca de la flama! Las plumas de la mente ondulando en el vuelo. Deseo en la punta de las alas. Ícaro insensato, sí, cegado por su vuelo, sí, pero ¡ah!, eso que brilla en sus ojos quiere ver hacia abajo y jadear por el encantador mundo que gira, queriendo equipararse al cielo en valentía y rebeldía, su vuelo tan bello y elocuente. La humanidad es suficientemente magnifica como para luchar con los ángeles, sola, en una larga noche del alma, para luchar con los ángeles y ganar.

Yo, por el contrario, estoy enferma y lisiada. Es el principio del fin, lo sé. Los niños vienen a visitarme y me gustan sus visitas. A menudo sus padres dirán:

—Es porque no tiene ninguno suyo, pobre Frida, por eso es una tía ferviente—, y mandarán conmigo a sus hijos dos veces más rápido.

Me he vuelto tan sensible al padecimiento que hasta el silbido de un mosquito es el último adiós o canto de sirenas. Hacen malabares conmigo, como con una pelota indefensa en manos del caballo Old Baldy, ese maligno ilusionista, muerta. Casi puedo contar el número de canciones que guardé dentro de mí. Pienso muy seguido en el suicidio, en estos días, y tomo cada vez más drogas para manejarlo, pero me hacen alucinar. También me hacen más perceptiva, despierta la sensación de mi niñez de que un día voy a ir a la luna.

Diego trata de animarme con su danza de gordo alrededor de mi cama, fingiendo ser un oso, y me río, pero soy un oso moribundo cojeando al redoble de una pandereta con la que no puedo bailar. («Y todo el tiempo añoramos mover las estrellas a la compasión»).

La noche está cayendo sobre mi vida.

Pero muy dentro de mí hay una voz que susurra: me niego. Luego sube el tono: me niego, me *niego*. Encontraré mi propio *risorgimento*. El oso que no puede bailar debe volar, por eso me pinté usando un vestido con alas y se lo di a Trotsky, mi amante oscuro.

Una noche en un restaurante, cuando un idiota pasado de copas acusó a Diego de ser trotskista, él lo noqueó. El amigo del tipo sacó una pistola y yo salté enfrente de Diego para protegerlo, como madre amorosa, *mátame a mí primero*. Até flores y listones alrededor de una bomba molotov y se la tiré a la gente en mi última aparición en público cuando me arrastré a mí misma a una manifestación en contra de la CIA, que había derrocado al gobierno legítimo de Guatemala. Pero estos eran esfuerzos vanos para hacer caminar mi cuerpo en el suelo y mantener mi mente aterrizada en la realidad que estaba enferma y nadando en vuelos.

Casi parece un deseo universal, humano, desear volar en algún punto de tu vida, querer ser un pájaro. ¿Por qué no nos conformamos con la metáfora del vuelo? ¿Por qué debemos hacerla literal? ¿Es la caída de la voluntad cuando alza el vuelo? ¿Acaso está escrito en la historia, como la cera líquida? Quizá en el vuelo de la mente y en el cambio de forma del alma estaba contenida la verdadera sustancia del arte de volar: la verdad del vuelo no fue hecha para su materialidad. Lo que es real necesita no ser material. De hecho, a menudo son opuestos. ¿Para qué necesito los pies si tengo alas para volar? Pregunté, después de que me amputaron la pierna.

—Para mí —dije— las alas son más que suficiente. Si me cortan la pierna, volaré.

Traté de volar suicidándome, pero mis alas estaban rotas. Tendré que esperar a que Old Baldy me visite.

Soy el punto muerto del alma. En el movimiento ascendente de mi vida, mi vuelo se desvía y se curvea

más en el cielo, está a punto de estrellarse. El vuelo inició en la belleza, el vuelo del chaman, el vuelo para la luna, el vuelo de Ícaro, el vuelo del lunático que se enamora, que voló enamorado de la luna, el vuelo del arte y de los ángeles.
Todo lo bueno del vuelo se acabó.
Y ahora, en verdad, la caída.

Me pinto a mí misma, ya expliqué, porque casi siempre estoy sola. ¿Cómo puede una mujer llorar y padecer tanto? Es fácil si eres la luna. Y me llamaron Frida, que significa paz y alegría, a pesar de que las conocí tan poco, lo que es amargo, involuntario, insultante. Alguien me encargó que pintara mi cara dentro de un girasol. Si existieran las flores de la luna hubiera sido mejor, pero lo pinté de cualquier manera, luego tomé un cuchillo y lo rasgué destrozando y acabando con mi propio trabajo, conmigo misma.

Mis manos se han vuelto tan débiles y temblorosas que cuando me maquillo, me salpico toda la cara, luego veo en el espejo lo que acabo de hacer y mi reflejo grotesco me espanta. La Huesera está siempre conmigo en estos días, así que pinto mis propios huesos, y aquí, también en palabras, estoy pintando mis huesos rotos, mi vida rota, mi narrativa rota, los huesos de mi historia, escritos para mis ancestros indígenas cuya historia yace sobre huesos hechos pedazos. Mi amor descarnado resiste y resiste como los huesos. ¿Se acabó, cómo es posible? Él se fue, pero los huesos siguen conmigo. No sé si la Huesera les puede infundir vida.

Me cortaron la pierna y me pusieron una de madera. Bailé el jarabe tapatío. Ya era mitad esqueleto y siempre mexicanista; era mejor que los esqueletos de dulce vestidos como yo.

Añoraba que él se quedara y añoraba la vitalidad que alguna vez tuve. Les pedí que movieran mi cama para acercarla al jardín, para acercarla a la luz, a los pájaros cuyo vuelo envidio. Estoy rodeada ahora por todas mis pinturas, todas mis creaciones, en la inauguración de mi primera exhibición solista, pero estoy cayendo y lo sé. Me enfermé y pienso que esta vez será fatal. Mi noche triunfal llega hacia el final de mi vida, la exhibición sólo para mí; canté al cosmos y el cosmos vino a mí aplaudiendo, haciendo un tumulto alrededor de mi cama. Las estrellas me amaron, el sol lloró con orgullo, estaba tan afligida que envié primero mi cama y yo llegué después en una ambulancia. Me cargaron hasta la cama donde estoy tendida, vestida con mi perfección exótica, bebiendo y cantando toda la noche. Estoy rota, la luna creciente fisurada, despedazada, llena de nubes por las drogas calmantes del dolor, pero bebo y canto con todos, desde mi cama de cuatro postes, llamando a un amigo para que cante *La Llorona*. «Cualquier cosa que hagas, hazla con valentía». Es un extraño lugar para ver el mundo, una extraña perspectiva tan lejana como la luna, y tan solitaria, pero puedo decirte que en mi caída, hacia donde quiera que mire, veo a los que caen.

Los caídos. La joven viuda, desesperada y sin un centavo en una torre de departamentos, da una fiesta en la última noche de su vida, agradece a sus amigos, termina su vodka y salta a su muerte. Pinté su vuelo, para darle alas a su alma.

Los caídos. El caso psiquiátrico. En cama 17 horas al día, su mente obnubilada por los tranquilizantes no puede siquiera volar un papalote o jugar una broma. Reducido a nada con tranquilizantes, durmiendo el sueño soporífero del letárgico, comiendo gelatina y pastillas. ¿También éstos son autorretratos? Debajo de mis flores y joyas, ¿soy un alma cojeando hacia su pedestre Getsemaní?

Los caídos. Veo estas mentes que ya no vuelan. Los caídos. Ojos desolados posados sobre los vasos de las fiestas, enfundados en ropas provocadoras para sobornar por una noche a su soledad.

Los caídos. Un cura fascista con el rifle al hombro en la torre de su propia iglesia, apuntando a un anarquista de diecinueve años. Cristo todopoderoso, ¿para eso murió Jesús?

Los caídos. Los niños constantemente regañados, las niñas con la voluntad anulada, los niños con los espíritus rotos, a los once años, se ponen traje y corbata para ir a la oficina de las matemáticas y de la química. Por eso caen, caen para toda la vida. En armonía con los tiempos. *Dos, tres, cuatro.* Los caídos que vuelven a caer antes de poder levantarse. (Aunque algunas mañanas, cuando los sacuden para ir a la escuela, y siguen soñolientos, miran extrañamente hacia arriba y murmuran: «Mamá, ¿por qué sueño con volar?»).

Los caídos. El anciano que recuerda atónito la intrascendencia de su vida, el trabajo hecho un poco mal, el dinero que cazó y que centelleaba en su mente, que ahora tiene y que atesora dejándolo empolvarse en el ático. Algunas veces lo único que puedo hacer es maldecir al Destino.

Los caídos. En el jardín de la casa contigua, la bella apicultora tiene el alma del color de la miel, su cuerpo emite un zumbido porque está preñado, vive en el cobertizo, y su bebé que se adelanta, nace al borde de la carretera. Es la única de todos ellos que mira hacia la luna y ríe plateada y alegre, es la única que no ha caído, sigue volando.

Los chiapanecos están cayendo en la desesperación, víctimas de la desnutrición y de la tuberculosis de origen gubernamental, llorando por tierra y libertad, pulverizados por la pobreza. «El dinero habla». Pero sólo los pobres entienden lo que dice.

El banco Chase Manhattan publicó un reporte que llama al gobierno mexicano a «eliminar a los zapatistas». Los ejércitos del Estado inundaron la selva Lacandona para capturar a los líderes, en especial a

Marcos. Los soldados no se dieron cuenta de que la luna (la luna insurgente, rebelde de la noche, primera exiliada del cosmos) se había subido a una ceiba, colgó su hamaca entre dos ramas y lo alzó, sosteniéndolo con firmeza y diciendo:

—Es uno de los míos —. Por eso, lo único que los soldados encontraron fue su pipa, que seguía tibia y humeante.

Resurgimiento

Sigue tibia y humeando, la historia no ha concluido, pero el final se acerca.

—Espero que la salida sea festiva —le dije a un mensajero que dibujaba un ángel negro elevándose al cielo— y espero nunca volver.

Pero esta muerte en esta vida, es una muerte de la que sólo puede venir más vida. Una vida diferente, mejor, más fuerte y más generosa, así que pinté *El abrazo amoroso al universo*. Procreé vida con la muerte, y muerte con la vida, mi esqueleto rechinante tuvo un ataque de risa y cayó del taburete del bar, enjugado con lágrimas calientes y reales.

Puedo escuchar el cuenco de cobre resonar en las manos de Txati, diosa azteca del pecho y la tumba, cuyo cuenco contiene las almas de los que acaban de morir y de cuyo cuenco se alimenta la vida. Puedo oír las campanas, las campanas de oro, de Coyolxauhqui, diosa de la luna.

Cuando morí, dijeron que él se veía como un alma partida en dos. Dijo sobre ese día:

—Es demasiado tarde, me di cuenta de que lo mejor de mi vida ha sido mi amor por Frida.

Mis dolientes cantaron *La barca de oro*. (En el accidente, hace tantos años, era como un ídolo, destellando oro, y ahora estoy nuevamente cubierta.) «Este es el adiós… no volverás a verme, ni a escuchar mis canciones, pero los mares se desbordarán con mis lágrimas». Mitad acierto, mitad error. Él me volvió a ver. Cuando me estaban cremando, el calor del horno hizo que mi cuerpo quedara sentado y mi pelo en llamas; mi cara en el centro de un girasol —ese final que traté de arrancar con un cuchillo, pero que de todas maneras me pasó—. Los mares se van a desbordar con mis lágrimas, bueno, en ese punto tenía razón, demasiada razón.

Mis cenizas conservaron la forma de mis huesos segundos antes de que las más tersas corrientes de aire las dispersaran. Pero esos segundos fueron lo suficientemente largos como para que él sacara un cuaderno de bocetos de su bolsillo y dibujara mi esqueleto de plata. Su piedad, sus lágrimas, su muerte. Pero vuelve a ver querido, vuelve a ver la última pintura que hice, en ella escribí en el color de la sangre mi credo más duradero: «Viva la vida», donde quiera y como quiera que fluya. («Todos deberían saber que no morí», dijo Lorca.)

Así que llévenme volando a la Tierra, y si él crea un nuevo cielo ahí conmigo, encontraré las alas para hacerlo. No sé si él quiera, o si tenga ganas, mi Diego de vuelo inmortal, así que lo pinto en un exvoto, en una plegaria, en un voto, en una súplica pintada para recuperarlo. Siempre más plegarias que obras de arte, mis pinturas fueron exvotos, y si se dice que el arte es espejo de la vida, entonces quiero más, quiero que la vida refleje al arte, quiero hacer una coreografía con mis imágenes, infundirles fortuna y seducción, vulnerabilidad e insolencia, para que sean un hechizo que pida su mano. El colibrí que dibujé alrededor de mi cuello, para atraerlo a mí otra vez, era un truco de magia.

Empieza en pequeño con un semillero, un gatito, un juego de palabras, una nota, o una cubeta de agua pequeña. Viajes pequeños con alas pequeñas para un vuelo que no es pequeño, para que vuelva a elevarse una vieja creencia, viejamente nueva, antigua y radical. No desprecies lo pequeño, lo terrenal; hay magia en ello, el conocimiento en espirales de la Tierra da un pequeño rayo de esperanza, la mente fértil de lo verde, la translucidez del amor cuando todo lo exterior también es interior, verde y creciente.

Atraviesa las cosas volando, vuela despacio, vuela suavemente dentro de ti, pues esa es la manera en la que el vuelo se volverá sublime y extático. El vuelo de la mente es fuego, inflamado y brillante, y quise pensar con un filón de flamas así que me atreví a elevarme con el fuego del vuelo, donde la perfección está en la tensión de la tangente, el objetivo, lo que viene después, la flecha encendida siempre volando, nunca en busca del objetivo.

Cuando le escribo a mis amigos, les mando plumas escarlata que susurran vuelo, especialmente si van en sobres de correo aéreo, porque el vuelo, como el amor, es magnético, irresistible y carismático. Todos los que más he amado tienen la virtud de volar.

Aquél cuyo vuelo quijotesco fue acicateado por el romance y el honor, correcto entre los equivocados, acometiendo molinos cuya imaginación errante agigantaba el corazón.

Aquél cuya cualidad elevada de volar era creer en un símbolo con tanto fervor que se convirtió en uno, El Che, otro viajero, que viajó en motocicleta a lo largo de Sudamérica para encontrar una historia a su vida, quien se negó a creer en el poder de los ejércitos nacionales y que sólo pudo ser asesinado con engaños.

Aquél cuyo vuelo era audacia al lomo de un caballo, el torero político, el Zapata original, tomando por los cuernos los intereses de los latifundistas, recuperando tierra para los campesinos, y quien, al igual que El Che, fue asesinado a traición.

También está Chico. No sabía que el rostro humano podía sonreír tanto hasta que conocí a Chico Mendes. Más músculos faciales que nadie, una vasta dicha, Chico vivió como yo en una Casa Azul, y fue asesinado en ella. Su vuelo también fue un viaje, la expansión de su amor:

—Al principio creí que peleaba para salvar árboles de caucho, después pensé que peleaba para proteger la selva amazónica. Ahora me doy cuenta de que peleo por la humanidad.

Todos ellos se negaron a creer que eran del tamaño que les dijeron que deberían ser, y, en ese heroísmo, gracias a ese ideal, nos volvimos todos heroicos, todos los que volamos.

Aquélla cuyo corazón es tan alado que aún no conozco sus limites. Una que volaba con los pájaros dentro de la música, al tocar en duetos de jazz con una lira alada. Una cuyo don de volar es un animismo de lo ordinario; la he visto tomar un vaso de agua y destilarlo sólo con su risa en ginebra de plata. Una que provoca que las hijas se apiñen en torno a ella, polluelos perdidos que encuentra y ayuda a volar.

Son los aviadores más adorables que conozco y sus vuelos son todos formas de rebelión, todos formas de reencantamiento. Porque ahora los chamanes son necesarios, los artistas y todo aquel que vive en el amor. Lo que se necesita ahora es un encantamiento, mágico y real, un embeleso ordinario y extático. Están todos ahí, en lo repentino, una pasión de poetas, en todos aquéllos a través de los que Orfeo vive: Yeats, Emily Dickinson, Auden, Rubén Darío y César Vallejo, quien peleó con los anarquistas en España. Neruda y Lorca cantan un dueto para todos los románticos; Dylan Thomas llega más tarde y más ebrio que ninguno, se recarga en el hombro de Whitman y huele su barba en busca de mariposas, al tiempo que Whitman sonríe cariñosamente mientras mira hacia la puerta para que Ginsberg se sienta bienvenido por la eternidad. Ellos sostuvieron la luna, y se envolvieron en sus brazos, llorando por su siempre lejano y distante amor. Vi las mejores mentes de mi generación, pues sus mentes fueron creadas por la luz de luna, estos caminantes nocturnos de la canción.

Voy a reencantarme con la humanidad, nada menos, pondré mi cabeza en tu regazo y rodearé tus labios húmedos que me dirán otra vez lo que alguna vez supe: que no hay nada mejor que beber la humedad de la luz del sol y que ningún momento es más adorable que el amanecer de ahora, y en ese *ahora* te doy todas las palabras para nombrar la salida del Sol, te las doy en todas las lenguas de la Tierra, y prometo encontrar el dios de los comienzos, en cualquier costa triste. En nuestra coreografía de amor, bailamos en un barco desde México hasta Nueva York, y al tocar tierra, como estás muy dentro de mí, debes detenerte, mantenerte, un momento más. Amor, corazón, las lágrimas se me resbalan, lloro por lo mucho que te quiero: es tan hermoso amar así, aunque sea tan común, y tú te ríes y golpeas mi espalda.

Te conduciré a los cielos más dulces y tersos si dejas que tu mente permanezca del lado de la bondad, de esta manera volveremos a la benignidad original, sabiendo que cada momento es esa tarde de verano en la que estabas inmovilizado por la profundidad y la profusión de la belleza, cuando reías porque amabas cada hoja de sauce tanto como me amaste a mí, cuando sabías, con la más pura certeza, que el amor es lo más necesario de este mundo, un re-encantamiento entre tú y el todo. El amor no es romance. El amor romántico (el que quizá más experimenté) es el más egoísta que existe, el amor exclusivo sólo entre dos personas. La humanidad fue hecha poliamorosa, panamorosa, ama mucha cosas, a veces puede amarlo todo. Amo los bosques y las flores, amo a las mujeres, también, cada vez más, en estos días. Pero siempre, en mi centro, estás tú.

¿Puedo re-encender esta flama votiva? En el corazón de mi propio corazón descubro una nueva devoción por mis verdaderos *lares* y *penates,* los dioses de la Tierra, y le pido a mi mente que reavive su belleza, que vuelva a festejar cada tarde, que vuelva a ver cada amanecer, y en un amor en cursivas para que las estaciones vuelvan a ver cómo el año restriega su nariz en su propia pata; este viejo león en invierno, joven nuevamente en primavera, dando vueltas en su cama de hierbas secas. Que amarre los trapos de la esclavitud otra vez, la re-esclavización de la humanidad a la Tierra. La adorable tapicería de todas las esquinas del mundo. Los trapos reflejantes de Rajastán, que te atan a la canción del desierto, los retazos descoloridos de las banderas de rezo que te atan al mundo flotante; la seda del azul en Mongolia, cada trapo una madeja de cielo santo; las madejas de lana teñidas de grana cochinilla y añil, la lana de los tapetes mexicanos, las venas, las raíces.

«Soy grande, contengo multitudes». Soy Frida y no soy Frida. Soy Walt Whitman y Dylan Thomas. Soy, naturalmente, Lorca. Soy la comprensión de la pena y soy la luna, estoy ahuecada por el remordimiento. Mi plegaria es una novena repetida nueve veces para María, madre del pesar. Mi plegaria es de los bosques de México, del corazón fundido de la Tierra, de *El Duende* que da poder al arte, la energía misteriosa, la fuerza de la vida en su búsqueda de la savia-sangre, intensa y oscura. Viene de las cuerdas de una guitarra azul, del violín de Paganini, de las cuerdas de la lira de Orfeo, cuando las venas son raíces extrayendo conocimiento antiguo del Duende, el espíritu de la Tierra. No se equivoca, el Duende, más profundo que la política, más sabio que la filosofía, deja que la sabiduría llegue a la planta de tus pies, calienta a la tierra inteligente, deja que tu mente sea una flauta para que la luna pueda respirar a través de ella y escribir con sangre como si fuera tinta, así que no debes, no puedes falsificar.

Se necesita valor hasta para decir *sangre,* en esta época dominada por los que no tienen sangre: los burócratas metálicos, los asesinos culturales que se burlan de los otros porque entrelazan la política a su arte; aquéllos que ponen caras de desdén, con la boca llena de ortigas, que mataron a Keats y después lo cacarearon, quienes silenciarían a un Lorca sin remordimientos. La maldad está de moda y el rencor se paga con la palabra. Ahora es necesario que El Duende encuentre el valor para la urgencia parpadeante, autosacrificial del arte insurgente que necesitamos. Los mejores artistas no se encuentran en las camarillas de acero frío sino en aquellas que habitan el mundo cálido, que escuchan la sangre de la luna zumbando en los mares y que conocen los sonidos oscuros del cuerpo humano; que escuchan su propia sangre en sus propios oídos.

Cuando se produce una re-esclavización y un re-encantamiento, cuando hay gracia en todos los ojos, ahí se escucha el grito del parto doloroso, ahí el verdadero cielo queda libre hasta del hierro.

Ahí, verdaderamente, se les deja ser luz.

En el brillo de esa luz todo retrocede. Hay galaxias alejándose de mí a la velocidad de la luz, no más paredes, ni tú ni yo, sólo la luz cegadora de la mente cegadora, tú querido, tú corazón.

Con un instinto sobrenatural —y una gran tristeza— Platón impidió el paso de los poetas a su república ideal, porque podían revolver las emociones de la humanidad. Crearían revoluciones, es verdad; hay artefactos explosivos en sus metáforas y su dicción es guerra de guerrillas. Entonces luz de fusibles, cientos de soles brillan por los poetas revolucionarios de España y América Latina. Todos asesinados.

La libertad ilumina a José Martí, escapando de los colonialistas españoles, que lo mataron en el confluente de dos ríos, y que no lo cremaron por miedo de que sus cenizas los asfixiaran.

~

«Mi poesía es un ciervo herido en busca del santuario del bosque».

~

¿Qué luz para Lorca? Sólo luz de luna y únicamente de la luna. Franco ordenó que lo asesinaran, fusilado al amanecer junto con dos toreros anarquistas. «Pero todos deberían saber que no he muerto». Y cuando el sol de los campos está tan dorado como los girasoles, con esa luz, Miguel Hernández, cabrero, poeta, revolucionario, eres recordado. Asesinado lentamente por los fascistas después de la guerra civil española, asesinado con saña porque usaste tu poesía como bandera de alianza con la bondad.

Luz rebelde a Víctor Jara, quien cantó en su tierra contra la tiranía brutal de Pinochet, expandiendo la fraternidad fiera, sus manos sobre la guitarra eran caballos de la canción atravesando la Pampa. Lo torturaron y le rompieron todos los huesos de la mano, lo hicieron pedazos antes de matarlo con pistolas. «Ay, Dios mío», lloró Neruda, «es como matar a un ruiseñor». (Keats, otro tipo de ruiseñor, fue asesinado por otro tipo de arma.)

Una semana después, Pablo, fue tu turno, luz insurgente para tu barcarola. Además de ruiseñor, águila, tus plumas cayeron en los océanos y ríos, cada pluma un pequeño barco que impulsa su significado inmensamente delicado hacia el arroyo en el que Marcos está sentado y escribe la poesía de la rebelión de hoy a la luz de las velas.

Luz de vino al poeta más dulce, cuyos ojos tristes y cándidos me parecen desolados. Brillo para ti. Nada está perdido en una luz tan encantadora, querido, nada puede estarlo. Luz turquesa al pintor de paisajes lunares cuyo corazón estaba tan abierto que podías ver a través de él. Luminosidad al compositor cuya mente tiene la entonación perfecta para los tonos del alma, cuyas campanas y claridad suenan con tanta pureza que transponen de la clave musical a la clave de luz. Luz de alondra para todos aquellos que sólo reconocen el tiempo en la naturaleza. Una golondrina, tres, el feliz troglodito. Un coño iluminado emitiendo luz de un amado e intenso pene iluminando a otro, y la luz de los labios para cuando les llegue a ambos el momento de los besos.

Luz protectora, la luz protectora ilumina a todas las madres, a todas las que fueron mis hijas. Madre de todos los tipos de luz, de qué manera procreé, porque mi maternidad es más fuerte que mi exilio, y mi canción solitaria al cosmos es el *risorgimento* de una maternidad final.

No tengo hijos, ¿y? Nunca me gustó el sabor de la amargura, siempre elegí el champán. Cuidé como una madre a la maternidad, y brindé en su honor con el corazón. ¿Sin mí cómo podrían descender el flujo de sangre o la ovulación? Madre de las mareas, soy la madre de la generosidad y de las generaciones. No soy madre ni de la mezquindad, ni de la sustracción, ni de la denigración, ni de la humillación; aunque entiendo a los caídos, nunca fui madre de cosas caídas: soy madre del resurgimiento de sus espíritus, madre de vuelo.

Y sí, aunque es verdad que no fui madre de nada más, fui una gran madre: estimulé a la imaginación en mi vientre, arrullé al pensamiento en mis brazos, canté canciones de cuna a la inversa, canciones de crepúsculo con una vivacidad tan tentadora que los manantiales de conciencia, conscientes y vivos, así como los niños en cualquier habitación, siempre me miran. Un fragmento arrancado a la Tierra, quizá me dieron el talento (o me predestinaron) de limitarme a ser madre de lo fundamental, madre de la mente.

Porque soy catalizador, levadura, conflicto. Soy embustera, coyote y cambio. Soy caos, tempestad y turbulencia.

Soy madre del valor y de las raíces del corazón, del *cœur* y del *cor*, del valor para seguir a tu corazón; madre de las ménades, de las diabluras, del brillo, de las buenas bromas y del destello; madre de la poesía, de la paradoja y del sexo; madre del culo y de la eufrasia; madre de la pasión, del alcohol y la amistad; madre de las travesias soñadas y de la tribu; madre de México y de los huesos; madre de Tezcatlipoca, el espejo humeante, y del cielo nocturno; madre de la bondad, la esperanza y la ambigüedad; madre de Odiseo y las especias de Madrás; madre de las Madres de Plaza de Mayo; madre de los Desaparecidos, de las víctimas de la violencia de estado; madre de dar vueltas, madre de la risa alegre y de silbar; madre de ronronear, del contoneo y de las cúspides; de las carcajadas, de los aullidos y del esputo; madre de acariciar, patear y chupar; madre de los zapatistas, los rebeldes y la libertad; madre de la gracia y de los sueños vehementes,;madre del saxofón y del jazz; madre de Orfeo, el tonto y la flauta; madre de lo errático, del zoco y de la rueda de oración tibetana;

madre de la suerte, de la cuerda floja, del carrusel, del agua marina, del escarlata y del ámbar; madre de la sombra y de la luz; madre de la redención del tiempo; madre del momento; madre del ritmo y de la magia ordinaria; madre de la eternidad; madre del ahora; madre del día en la noche y de la germinación en la oscuridad; madre de la curiosidad, del carisma, del encanto; madre de la cordura de la locura y de los significados no vistos; madre de las raíces de las palabras y de la verdad de la metáfora; madre del mundo significante y del verbo interior, madre —al final y al principio— de la propia mente.

El exilio es sólo otra coreografía de mi amor, bajo una luna jaguar.

Carta de amor de la luna errante, *de Jay Griffiths, es una impactante alegoría sobre el amor, el arte y la revolución. Explota cada palabra, cada escena de este apasionado recuento narrativo. Es una obra deslumbrante.*

BARRY LOPEZ

La vida y la obra de Frida Kahlo son inseparables, y con un poder digno de dar cuenta, Jay Griffiths descubrió la manera de escribir sobre la vida fracturada y prolífica de Kahlo. A través de Griffiths escuchamos la voz de la propia Frida Kahlo, como si nos estuviera hablando a nosotros. Es como leer poesía dentro de una gran novela biográfica. Devoré completamente este libro extraordinariamente perceptivo y lleno de sensibilidad.

MARIE DARRIEUSSECQ

Un poema en prosa extraordinariamente bello y sostenido; es un llamado a comprometerse con el mundo, y al mismo tiempo una hazaña convincente y sorprendente de literatura y telepatía retroactiva. Es un libro sobre distintas maneras de posesión, cada una iluminada por una urgencia particular: comprender, celebrar y persistir.

NIALL GRIFFITHS

Una visión rica y extraordinaria. Sin restricciones, como si Jay Griffiths hubiera decidido volcar todo lo que sabe y siente en este apasionante poema de admiración y amor dedicado a la pintora mexicana Frida Kahlo. Hay algo totalmente figurativo en la riqueza inflexible y la intensidad de la historia, y con todo es una historia: hay un fuerte pulso narrativo. No cabe duda de que pocas personas pueden escribir historias como ésta. Jay Griffiths es una aventurera intrépida con las palabras y las imágenes. Reconozco su valentía y el esplendor de su visión.

PHILIP PULLMAN

Amor de una luna errante
de Jay Griffiths
se terminó de imprimir y encuadernar en abril de 2013
en Quad/Graphics Querétaro, S. A. de C. V.
lote 37, fraccionamiento Agro-Industrial La Cruz
Villa del Marqués QT-76240